KB117500

보통의 달리기

보통의 달리기

강주원 달리고, 쓰다

비
로
소

새는 날고

물고기는 헤엄치고

인간은 달린다.

마라토너 에밀 자토펙

0km ~ 10km

걷는 사람에서
달리는 사람으로

나는 인간으로서의 기능을 상실했다

그들은 톰슨가젤과 같은 먹잇감이 보이면 급히 다가가지 않는다. 그저 천천히 달린다. 보통 털이 달린 동물은 열을 배출할 수 없어 얼마 달리지 못하고 쓰러지고 마는데, 그 시간이 올 때까지 오래 달리는 것이다. 어느 원주민 부족의 사냥법이다.

과거의 내가 그런 야생의 환경에 내던져졌다면, 나는 금세 굶어 죽었을 것이다. 털 달린 동물보다 오래 달릴 자신이 없었기 때문이다. 단거리, 장거리를 따질 게 아니었다. 달리기는커녕 제대로 걷지도 못할 지경이었다. 사고를 당했다거나, 신체적 결함이 있어서 그런 건 아니었다. 그저 신체의 기능이 현저히, 아주 바닥까지 떨어졌기 때문이다.

하루를 버티는 삶을 살았다. 보이지 않는 바벨을 어깨에 얹고 사는 것만 같았다. 지하철역까지 10분을 걷는 게 힘들어 버스를 탔다. 지하철에서 서 있는 게 힘들어 좌석에 앉은 누군가가 일어나기를 간절히 기도하곤 했다. 아침에 일어나면 피곤했고, 점심을 먹고 나면 피곤했고, 저녁을 먹고 나면 또 피곤했다. 온종일 피곤한 상태였다. 살은 찌고, 얼굴은 부었다. 보이지 않는 바벨의 무게는 해가 지날수록 무거워졌다.

몸이 무거워지니 몸 곳곳에서 비명을 질렀다. 군 시절에 축구를 하다가 삐끗한 무릎이 뒤늦게 시렸다. 조금만 걸어도 욱신거렸다. 어쩌다 산에 갔다가 하산할 때면, 더 걸을 수 없을 정도로 통증이 심해졌다. 이 정도 통증이면 연골이 나간 게 틀림없다고 생각했다. 무릎이 돌아갔다고 하니 그저 진통제를 처방해줬던 군의관이 뒤늦게 원망스러웠다. 한 번은 큰 마음을 먹고, 지금이라도 잘못된 무릎을 바로잡기 위해 MRI를 찍었다. 의사의 소견은 다소 충격적이었다. "아무 이상 없습니다." 그럴 리가 없는데…. 무릎은 이상이 없었다. 그렇다면 그동안 무릎은 왜 그렇게 시렸을까. 그저 나이 탓이라고 할 수는 없었다. 그 당시 내 나이는 고작 서른이었기 때문이다.

무릎 다음은 허리였다. 허리 통증은 점점 심해졌다. 급기야 허리 디스크가 돌출되고 말았다. 그 이유는 민망하리만큼 사소했다. 살짝 허리를 숙였다가 편게 그 원인이었다. 이번에도 나는 병원을 찾았다. 디스크에 문제가 있다는 의사의 말을 믿고, 발가락까지 저릿해지는 주사를 허리 근육에 맞았다. 도수 치료도 꾸준히 받았다. 하지만 허리는 쉽게 나아지지 않았다. 오히려 병원에 다니면 다닐수록 상태가 나빠지는 것만 같았다.

이런 상태로 30대를 보낼 뻔했다. 아마, 달리기를 만나지 않았더라면 지금쯤 온갖 병은 다 얻었을 것이다. 어디가 잘 고친다더라, 하는 소문을 듣고 서울 전역의 병원을 찾아다녔을 것이다. 하지만 정말 운이 좋았다. 달리기 시작했으니 말이다.

달리기를 시작한 건, 2020년 겨울이었다. 체력 좀 길러보고자, 코로나로 무료해진 일상을 달래보고자, 집을 나섰다. 꼴에 달린다고, 기록을 측정하는 달리기 앱까지 켜놓고 힘차게 달렸다. 아마, 2km를 뛰었을 것이다. 정확한 거리, 정확한 속도는 기억나지 않지만, 죽을 만큼 힘들었던 건 선명히 기억난다. 피부를 뚫고 뛰어나올 것처럼 쿵쾅거리던 심장, 목구멍에서 넘어오는 비릿한 냄새, 힘이 다 빠진 무릎을 움켜잡던 내 손, 추위를 뚫고 줄줄 흐르던 땀. 굉장히 불쾌한 기분이었다. 더는 뛰고 싶지 않았다. 한동안 괜찮았던 무릎이 괜히 시큰거리는 것만 같았고, 별 탈 없던 발목에 통증이 오는 것만 같았다.

평소의 나였으면 그만뒀을 것이다. 그런데 무슨 이

유에서인지 계속해서 달렸다. 삶을 제대로 살아보고자 하는 절박함도 아니었고, 대회에 나가서 목표한 기록을 갈아치우겠다는 간절함도 아니었다. 오랜만에 느껴본 그 불쾌한 기분, 그 낯선 기분이 나를 끌어당겼던 것 같다.

일주일을 달렸지만 변하는 건 없었다. 오히려 전보다 힘들었다. 한 달이 지나자 달리는 행위에 조금씩 익숙해졌다. 일 년이 지나자 나는 달리는 사람으로 거듭났다. 체중은 줄었고, 체력은 늘었다. 허리는 편안해졌고, 무릎은 튼튼해졌다. 더는 하루를 버티지 않아도 됐다. 걷고 싶으면 걷고, 뛰고 싶으면 뛸 수 있었다. 지하철역까지 걸어가는 게, 에스컬레이터 대신 계단을 오르는 게, 더는 고된 일이 아니었다. 낮잠을 안 자면 하루를 제대로 버틸 수 없던 과거의 나와 달리, 아침 일찍 달리고 나서도 하루를 온전히 보낼 수 있었다. 제대로 걷고 뛸 수만 있어도 하루를 제대로 쓸 수 있다는 사실을 뒤늦게 깨달았다.

이 책은 달릴 수 없었던 내가 달리는 사람이 되는 과정을 기록한 것이다. 인간으로서의 기능 회복, 즉, 오래 달릴 수 있는 체력을 기르는 과정을 담은 책이다. 하나 아쉬운 게 있다면, 달리기를 시작했을 때부터 기록을 남기지 못했다는 건데, 어찌 보면 당연한 일이다. 달리기를 시작할 때만 해도 내가 이토록 오래 달리게 될 거라곤 미처 생각하지 못했기 때문이다. 기록을 남기기 시작한 건, 10km를 겨우 뛸 체력이 생긴 시점부터다.

달리면서 떠오르는 생각, 달리면서 문득 깨달은 것을 원고에 남겼다. 그러다 한동안 기록을 멈췄다. 더는 달라질 게 없고, 더는 이룰 게 없다고 생각했기 때문이다. 하루를 온전히 지탱할 수 있는 체력을 기르는 게 목표였는데, 그 목표는 진작에 달성했기 때문이다. 그러다 이 원고의 결말이라고 할 만한 사건이 발생했다. 서울 마라톤 풀코스에 도전하기로 선택한 것이다.

따라서 이 책은 제대로 걷지도 못하던 보통의 사람이 마라톤 풀코스에 도전하는 과정의 기록이자, 인간답게 살아보고자 아등바등 달리며 깨달은 것을 남긴 산문집이자, 달리면서 돌이켜 본 내 삶을 담은 자기 고백인 셈이다.

난 달릴 수 없는 사람이야, 라고 생각했던 누군가가 이 책을 보고 달리기 시작했으면 좋겠다. 이제 돌이킬 수 없어, 라고 생각했던 누군가가 달리기 시작해서 신체의 기능을 회복했으면 좋겠다. 달리기가 몸에 좋다는 건, 수많은 사람이 증명하고 있다. 그 증명에 근거를 보태고자 쓴 책은 아니다. 누구나 알고 있는 사실을 개개인의 행동으로 변환하는 데 작은 불씨가 됐으면 좋겠다는 마음으로 썼다. 보통의 사람이, 보통의 달리기를 하며 느낀 점을 누군가가 공감해주길 바라는 마음으로 썼다.

이 책을 읽은 누군가가 이런 이야기를 전해준다면

저자로서는 더할 나위 없이 기쁠 것이다.

"저 달리기 시작했습니다."

10km ~ 30km

달리는 사람에서
오래 달리는 사람으로

나이가 들었다는 핑계

뛰러 나갔다. 안에는 내복을 입고, 겉에는 반소매 티
를 하나 입고, 머리도 감지 않고 그렇게 뛰쳐나갔다.
뛰다가 힘들면 다시 돌아올 생각으로, 목표 거리를
10km로 맞췄다. 원래 이 정도면 됐다 싶었던 3km
구간을 지났는데, 이상하게 힘이 들지 않았다. 오히
려 몸이 좀 풀리는 느낌이었다. 조금만 더 뛰어볼까
하고, 한강을 바라보며 천천히 뛰었다.

5km를 지났는데도 여전히 가벼웠다. 손등이 얼어
붙을 것 같았지만, 그래도 견딜만해서 계속 뛰었다.
7km를 반환점으로 다시 돌아오는데, 추운 날씨 탓
인지, 운동 부족 탓인지, 허벅지가 뭉치는 느낌이었
다. 그래도 멈춰서 걸어가면 얼어 죽을 게 뻔했기 때

문에 계속해서 뛰었다. 뛸 수밖에 없었다.

다행히 얼어 죽지 않고 집까지 무사히 도착했다. 총
10km를 뛰었다. 가장 체력이 좋았을 군인 시절에
하프 마라톤에 겁 없이 도전한 이후로, 이 정도까지
뛰어본 적이 없었다. 그런데 왠지 군인이었던 그 시
절보다 덜 힘든 느낌이었다. 그땐 10km를 뛰고 다
리에 쥐가 나서 결승점까지 걸어들어왔으니까.

요즘 안 하던 등산도 하고, 안 하던 달리기도 하고,
좀 유난을 떠는 것 같긴 하다. 근데 재밌다. 내 체력
이 늘어나는 걸 매번 눈으로 확인하는 게 재밌다. 술
먹고 다음 날 숙취에 시달리며, 이제 내 체력은 쓰레
기라고, 이제는 돌이킬 수 없다고 믿으며 그렇게 살
아왔는데, 그게 아니라는 사실을 확인하는 게 재밌
다.

나이가 들었다는 핑계로 얼마나 많은 즐거움을 닫아

왔는지 깨닫는 중이다. 움직일 수 없어서 움직이지 않은 게 아니라, 그냥 움직이기 귀찮아서 그랬다는 걸 인정하는 중이다. 난데없이 마라톤 완주라는 목표가 생겼다. 그 목표를 이루면 극지 마라톤에도 도전해 볼까 하는 생각이 든다. 뛰러 나갔다가 많은 걸 얻는다. 참 재밌는 일이다.

힘은 초반부가 아니라 후반부에 내는 것이다

"1km 평균 속도는 5분 2초입니다." 초반 페이스가 생각보다 빨랐다. 어제는 6분이었는데 1분이나 단축된 속도다. 호흡이 좀 거칠긴 하지만 이 정도면 남은 9km도 평균 5분 정도로 달릴 수 있을 것 같은 자신감이 차올랐다. '그래, 이 페이스로 쭉 달려보자.'

3km가 지나자 호흡은 점점 더 거칠어졌다. 그래도 오기가 생겨서 10km까지 쭉 밀어 보자고 속으로 다짐했다. 하지만 거리가 늘어날수록, 속도는 점점 처졌다. 5분이 5분 20초가 되고, 5분 20초가 5분 40초가 됐다. 남은 거리는 2km. 목표는 무너졌지만, 마지막까지 최선을 다해 기록을 단축해보려고 힘을 냈다. 그런데 힘을 낼 수가 없었다. 이미 무리할 만

큼 무리했기 때문이다. 호흡은 코로 쉬는 건지 입으로 쉬는 건지 분간할 수 없었고, 오른쪽 무릎의 통증과 왼쪽 허벅지의 통증이 동시에 날 괴롭혔다. 속도가 줄어 몸의 열이 식으니, 초반엔 느끼지 못했던 차가운 공기가 온몸을 감싸는 느낌이었다. 결국, 거의 걷다시피 시작점으로 돌아왔다. 1km 평균 페이스는 6분. 결국, 어제와 같은 기록이었다. 하지만 다른 점이 있다면, 어제보다 더 힘들고, 개운함도 덜 하다는 것이었다. 이럴 거면 왜 초반부에 무리했을까.

시작할 땐 언제나 힘이 넘친다. 하지만 넘친다고 해서 그 힘을 낭비하면 안 된다. 후반부에 분명 그 힘이 절실히 필요할 때가 오기 때문이다. 힘이 필요할 때 아무런 힘이 남지 않았다는 사실을 깨달으면, 결국 무릎을 꿇을 수밖에 없기 때문이다. '힘이 남는다고 그 힘을 낭비하지 말 것, 힘은 초반부가 아니라 후반부에 낼 것.' 달리기를 마치고 돌아오며 가슴에 새긴 문장이다.

끝이라고 생각했는데
끝이 아니라는 걸 깨달았을 때 괴롭다

"남은 거리는 2km입니다."

나는 분명 9km를 뛰었다고 생각했는데 착각이었다. 9km가 아니라 8km였다. 이제 1km만 더 뛰면 끝난다고 생각했는데, 1km를 더 뛰어야 한다는 사실을 자각하자, 온몸에 힘이 빠지는 기분이었다. 더군다나 1km만 더 뛰면 된다는 생각에 남은 힘까지 짜내서 페이스를 올렸는데, 그게 아니라는 통보를 받으니 당장이라도 달리기를 멈추고 싶었다. 뭐, 끝났다고 생각한 내 잘못이지, 누굴 탓하겠어, 라며 다시 다리를 움직였다. 마지막 1km를 달리려고 내딛는 모든 착지가 고통스러웠다. 달리기를 마치고 나서도 개운치가 않았다. 끝이라고 생각했던 9km까지는 참 좋았는데, 추가로 발생한 고작 1km의 거리가 오늘의 달리기를 망쳐버린 것이다.

삶에도 꼭 그런 순간들이 있다. 끝났다고 생각했는데 끝난 게 아니었던, 그런 순간들. 퇴근 시간이 다가와서 짐을 싸고 나가려는 순간 부르는 팀장의 호출, 야근까지 마치고 들어와 집에서 받는 업무 관련 문자, 퇴사한 사실도 모르고 보내오는 전 직장 관련 메시지. 돌이켜보면 난 그런 순간들을 마주하는 게 참 괴로웠던 것 같다.

끝이라고 생각했는데 끝이 아니라는 걸 깨달았을 때, 인간은 괴로운 법인가 보다.

주변의 소음 때문에 페이스를 잃는다

오늘은 속도와 상관없이 편하게, 천천히 뛰는 게 목
표였다. 며칠 기록을 새로 경신한다고 좀 무리해서
달렸더니, 달리기의 즐거움보다는 고통을 더 많이
느꼈다. '편하게, 천천히'를 다시 한번 되뇌며, 아주
천천히 시작했다. 몸이 가벼웠다. 주변의 풍경을 만
끽하며 달리다 보니 어느새 1km를 지났다. 그때, 달
리기 앱의 안내 음성이 이어폰을 타고 흘러나왔다.
"현재 평균 페이스는 5분 30초입니다." 천천히 뛴다
고 뛰었는데 5분 30초라니. 내가 그새 체력이 늘었
나. '이 페이스를 쭉 유지해야지.'

안내 음성이 들려오는 순간 오늘의 목표는 온데간데
없었다. 뛸수록 속도가 점점 밀리는데, 그 사실을 무

시할 수 없었다. 5분 30초를 유지하고자, 또다시 페이스를 오버했다. 호흡은 거칠어지고, 괜찮았던 무릎 주변의 근육도 위험 신호를 보냈다. 하지만 멈출 수 없었다. 계속해서 울려 대는 안내 음성 때문이었다. '너 지금 계속 뒤처지고 있어.'라고 말하는 듯한 소음 때문이었다.

결국, 오늘도 즐겁게 달리는 건 실패했다. 다음엔 이어폰을 집에 두고 나오기로 다짐했다. 어느 소음에도 방해받지 않고, 내 몸에서 보내는 신호를 따라 즐겁게 달리기로 다짐했다.

원인은 다른 곳에 있는 경우가 많다

무릎이 안 좋다고 생각했다. 그래서 쉽사리 달리기를 시작할 수 없었다. 달리기는 무릎을 망가뜨린다는 소문을 익히 들었고, 나 또한 그게 사실이라고 생각했기 때문이다. 안 그래도 무릎이 안 좋은데, 달리기를 시작하면 무릎이 박살 날 거라는 두려움이 있었다. 하지만 달리기를 시작하고 나서, 통증의 원인은 무릎이 아니었다는 사실을 깨달았다.

처음 달리다 보면 다리의 여러 부위에서 통증을 느낄 수 있다. 내 다리의 어느 부분이 약한지 또는 경직돼 있는지 체감하는 것이다. 날 가장 괴롭혔던 부분은 오른쪽 무릎이었다. 아무 이상 없다는 의사의 말이 이해가 가지 않을 정도로 오른쪽 무릎은 나를 괴롭혀 왔다. 오랜 시간 무릎의 연골 또는 뼈가 문제라고 생각했다. 그런데 달리면서 통증 부위에 귀를 기울여 보니, 통증을 유발하는 부위는 무릎이 아니라 허벅지의 근육이라는 사실을 깨달았다. 무릎과 연결된 허벅지 근육, 더 나아가서는 골반의 움직임에 관여하는 중둔근이라는 근육이 무릎을 간섭하여 발생하는 통증이었다. 그 사실을 깨닫고 나서는 무릎을 주무르는 대신 허벅지와 중둔근을 풀었다. 그러니 신기하게도 무릎의 통증이 나아졌다.

이제는 제법 안다. 발목이 아프면 발목이 아니라 정강이 주변부의 근육을, 장경인대가 아프면 허벅지뿐만 아니라 엉덩이에 있는 중둔근을 풀어줘야 한다는 걸. 허리가 아플 땐 골반을, 목이 아플 땐 어깨를, 머리가 아플 땐 목을 풀어주면 좋다는 걸.

통증이 발생하는 부분이 아니라, 통증을 유발하는 부분을 풀어주는 게 고통을 없애는 방법이라는 걸.

지속하는 방법,
변명할 여지와 생각할 틈을 주지 않는 것

무언가를 지속하기 위해선 보다 구체적인 루틴이 필요하다. 매일 뛰어야지, 보다는 매일 기상 후 일어나서 물 한 컵에 바나나 한 개를 먹고 뛰어야지, 가 낫다. 매일 1시간씩 운동해야지, 보다는 퇴근하자마자 바로 피트니스 클럽에 들러 1시간 동안 운동하고 귀가해야지, 가 낫다.

구체적이지 않으면 변명이 생기기 때문이다. 구체적이지 않으면 자꾸 미루기 때문이다. '매일 뛰어야지'란 계획은 저녁을 먹고 그대로 침대에 누울 여지를 주고, '매일 운동해야지'란 계획은 퇴근하고 집으로 향해 침대에 누울 여지를 준다. 하지만 루틴을 구체

화하면 그럴 여지가 없다. 일어나면 뛰러 나가야 하고, 퇴근하면 운동하러 가야 한다.

경험담이다. 매일 뛴다는 계획에 자꾸 여지를 주는 나를 발견했다. 그래서 요즘엔 일어나자마자 아침을 먹지 않고 공복에 뛰러 나간다는 루틴을 만들었다. 미룰 수도 없고, 변명할 수도 없다. 그냥 눈 뜨면 나가야 한다. 그런데 신기하게도 며칠째 반복하니 나가기 싫다는 생각이 줄어든다. 당연히 나가고 있는 나를 발견한다.

누구나 계획은 세운다. 그런데 그걸 지속하기는 어렵다. 이유야 많겠지만, 여지를 남겨두기 때문이 아닐까. 생각할 수 있는 틈을 주기 때문이 아닐까. '여지를 주지 말자. 생각할 틈을 주지 말자. 루틴을 구체화 시키자.' 오늘 뛰면서 한 생각이다.

언제 끝날지 모른다는 것에 막막함을 가진다

오늘은 앱 설정을 잘못했는지 목표 지점까지 얼마나
남았는지 알려주던 안내음이 제대로 작동하지 않았
다. 중간에 설정을 다시 하고 뛸까 하다가, 그냥 뛰
기로 했다. 대충 체력을 분배하며 평소처럼 뛰면 된
다고 생각했다.

처음엔 괜찮았다. 그런데 반환점을 돌아 시작점으로
돌아가는 과정에서, 뭐랄까, 막막한 느낌이 들기 시
작했다. 어느 순간부터 뛰는 것에 제대로 집중하지
못했다. 도대체 얼마나 남은 거야, 라는 생각이 머리
를 지배했기 때문이다. 어제보다, 평소보다 두 배는
힘들었다. 끝이 얼마나 남았는지 모른다는 게, 이렇
게나 영향을 미치다니.

6시라는 퇴근 시간이 정확히 지켜지는 직장은 버틸 수 있지만, 언제 끝날지 모르는 야근이 반복되는 직장은 버틸 수 없는 것처럼. 2년간의 군대 생활은 버틸 수 있지만, 전역일이 정해지지 않는 군대는 버틸 수 없는 것처럼. 정해진 기간에만 마주치면 되는 프로젝트 팀의 상사는 버틸 수 있지만, 직장생활 내내 부딪쳐야 하는 악마 같은 상사는 버틸 수 없는 것처럼.

끝을 정확히 모른다는 건 사람을 참 괴롭게 만드는 거구나, 끝이 있기에 인간은 힘을 낼 수 있는 거구나, 오늘 뛰면서 한 생각이다. 뛰면서 별생각을 다하는구나, 생각하지 않기 위해 뛰는 사람도 있다는데, 뛰면서도 수많은 생각을 하는 나는 별수 없는 놈이구나, 하는 생각도 했다.

시작이 가장 힘들다

며칠째, 10km를 달리고 있다. 1~3km를 1단계,
4~6km를 2단계, 7~10km를 3단계로 나눈다면, 가
장 힘든 구간이 언제일까. 신기하게도 1단계 구간이
가장 힘들다. 숨이 차고, 아무리 신경 써서 호흡에
집중해도 호흡이 진정되지 않는다.

그런데 신기하게도 2단계 구간에 들어서면 조금씩
진정되다가, 3단계에 접어들면 호흡이 완벽히 진정
된다. 내가 숨을 쉬고 있다는 사실을 잊어버릴 정도
다. 허벅지의 근육이나 무릎의 통증이 나를 조금 괴
롭힐 뿐이지, 호흡은 여전히 안정적이다.

생각해보면 나는 삶에서 3단계까지 가본 적이 별로

없다. 대부분 1단계에서 그만뒀다. 숨 막히고, 가치 없고, 더 나아질 것 같지 않다는 생각으로 그랬다. 회사에 다니면서 1년을 넘겨본 적이 거의 없으니 말 다 했다. 몸서리치며 나왔던 곳에 남아있는 사람들을 보며, 저 사람들은 도대체 어떻게 버티는 걸까, 생각했다. 그냥 어쩔 수 없으니 억지로 버틴다는, 오만한 생각도 했다.

오늘 뛰면서 생각했다. 아, 그 사람들은 3단계에 접어들었던 거였구나. 그들은 내가 중도 포기했던 1단계를 지나 2단계 또는 3단계에 접어든 게 아니었을까. 자신의 페이스에 맞춰 진정된 호흡으로 삶을 달리고 있었던 게 아니었을까.

미래가 막막할 땐,
더 먼 미래를 내다보면 된다

체력이 떨어지면 고개를 푹 숙이고 땅만 보고 달리
게 된다. 왼발이 앞으로 나오고 오른발이 뒤로 들어
간다. 곧바로 오른발이 앞으로 나오면 왼발은 뒤로
들어간다. 보이는 건 그뿐이다. 그리고 까만 아스팔
트, 어느 대교까지 얼마 남았다고 알려주는 안내 글
자가 전부다. 계속해서 그것들을 보며 달리면, 안 그
래도 힘든데 배는 힘든 기분이다.

그럴 땐, 의식적으로 고개를 치켜든다. 내 바로 앞이
아니라 저 멀리 100m 앞을 내다본다. 옷을 벗은 나
무들, 흩날리는 낙엽들, 반대편에서 열심히 뛰어오
고 있는 사람들, 어디론가 떼를 지어 날아가는 참새

들. 시선을 조금만 더 앞으로 고정해도, 정말 많은 것들이 보인다. 새로운 것들이 눈을 즐겁게 한다. 그리고 조금만 고개를 들어 하늘을 쳐다보면, 파란 하늘이 보인다. 무슨 모양인지는 모르겠지만, 일정한 규칙이라도 있는 것처럼 떠다니는 구름도 보인다. 분명 몇 분 전까지만 해도 힘들었는데, 이제 그 피로는 온데간데없다. 음악에 맞춰, 내 정면에 있는 영화 같은 장면들을 보며 뛴다.

바로 눈앞에 있는 것에만 집중하다 보면, 지치기 마련이다. 나는 그럴 때, 먼 미래를 내다본다. 당장 내일 벌어질 일이 아니라 1년 뒤의 내 모습을 상상한다. 1년 뒤의 내 모습도 불안하다면, 5년 뒤의 내 모습을 상상한다. 뭐가 될진 모르겠지만, 뭐라도 돼 있을 거라는 마음으로, 내 미래를 멋대로 구상해 본다. 그럼 참 신기하게도 현재의 불안이 옅어진다. 발아래만 보고 달릴 땐 힘들지만, 저 멀리 하늘을 쳐다보며 달리면 그 피로가 사라지는 것처럼.

얼마나 달렸느냐가 아니라
어떻게 달렸느냐가 중요하다

주변에 짬밥 자랑하는 사람들이 몇몇 있다. 내가 달리기를 시작한 지 5년이 됐다느니, 내가 주식을 시작한 지 10년이 됐다느니, 내가 이 업계에 몸담은 지 20년이 됐다느니, 자신이 짬밥을 얼마나 오래 먹었는지 자랑하는 사람들. 흘려보낸 시간의 길이를 곧 경력이라고 착각하는 듯하다. 경력은 자신이 일궈낸 성과의 양이지, 의자에서 앉아 보낸 시간의 길이가 아닐 텐데.

10km를 달리다 다리의 회복을 위해 이틀간 쉬었다. 그리고 영하 10도의 날씨를 뚫고, 밖으로 나가 달리기로 했다. 다리의 상태도 점검할 겸, 10km가 아니

라 5km만 달리기로 했다. 단, 1km당 평균 속도는 5분을 유지해볼 셈이었다. 보통 5km를 달리는 사람들이 인증하는 평균 속도가 그 정도였기 때문이다. 10km를 뛸 때는 6분 정도의 속도로 뛰었지만, 나도 5km를 뛰면 그 정도는 충분히 뛸 수 있다고 생각했다. 아니, 식은 죽 먹기라고 생각했다. 절반의 거리를 뛰는데 두 배도 아니고 1.5배 정도의 속도로 뛰는 건 가볍다고 생각했다. 크나큰 착각이었다.

1km당 평균 속도를 5분에 맞춰 뛰기 시작했지만, 고작 2km가 지나니 숨이 턱 끝까지 차오르기 시작했다. 벌써 이러면 어떡하나 걱정이 됐지만, 속도를 늦추지 않고 계속해서 뛰었다. 자세는 엉망이고, 호흡 또한 엉망이었다. 이번엔 다리는 멀쩡한데, 폐가 정상 작동을 하지 않는 기분이었다. 4km쯤 지났을 때, 겨우 1km를 남겨 놓고, 그만 뛰고 싶다는 강한 충동을 느꼈다. 이 속도로 조금이라도 더 뛰면, 남들 보는 앞에서 구토하게 될지도 모른다는 생각이 들었

다. 하지만 있는 힘을 다 쥐어 짜내 5km를 뛰었다. 그리고 좀처럼 진정되지 않는 호흡을 달래기 위해 1km 정도를 걸으며 생각했다. 얼마나 달렸느냐가 중요한 게 아니라 어떻게 달렸느냐가 중요한 것이라는 걸.

내가 달리기를 언제 처음 시작했는지, 보통 몇 km를 달리는지는 중요하지 않다. 내가 달리기를 얼마나 오랫동안 꾸준히 했는지, 거리를 떠나 얼마나 좋은 자세로 몸을 지키며 뛰었는지가 중요하다. 내가 업계에 얼마나 몸을 담았는지가 아니라, 어떤 일을 어떻게 해왔는지, 어떤 성과를 거뒀는지가 중요한 것처럼.

고장 나고 나서 쉬면 늦다

왼쪽 발목이 아팠다. 거의 매일 10km를 달린 탓이었다. 이제야 몸이 달리기에 적응한 것 같은데 아쉬웠다. 이틀 정도 쉬고 회복된 것 같아 다시 달렸다. 그러자 이번엔 오른쪽 발등이 아프기 시작했다. 결국 또 쉴 수밖에 없었다.

그런데 이 발등 통증이 좀처럼 가시질 않는다. 평소에 걸을 때도 욱신거리는 걸로 봐서, 아마 당분간 달리는 건 무리가 아닐까 싶다. 호흡도, 허벅지도, 종아리도 달리기에 적응했는데 고작 발등 때문에 달리질 못하다니. 아쉬운 마음에 애꿎은 발만 쳐다보다가 내가 달리기를 시작한 이유를 떠올렸다. 매일 10km를 뛰겠다는 나와의 약속 때문인가? 내년 마라톤 풀코스를 뛰겠다는 목표 때문인가? 아, 건강 때문이었지.

10km를 안정적으로 뛰겠다는 목표도, 매일 뛰겠다는 계획도, 모두 내 '건강'을 위해서였다. 근데 혼자서 무모한 목표를 지키겠다고 매일 무리한 게 화근이었다. 무리한 계획 때문에 '목적'을 망친 것이다.

달리기뿐만이 아니다. 목표나 계획에 너무 몰입한 나머지, 내가 이걸 왜 하는지 잊었던 적이 많다. 쉴 때 쉬지 않았다가, 고장이 나면 어쩔 수 없이 쉬었던 적도 많다. 고장이 나면 이미 늦었다는 사실을 알면서도 꼭 그런다. 하루 쉬는 게 아까워 무리하다 한 달을 쉬게 될 수도 있다는 걸 알면서도 꼭 그런다. 맞다. 쉴 때 쉬어야 한다. 고장이 나면 늦다.

아프면 쉬어야 한다

운동하는 스타일이 너무 '올드스쿨'인 것 같아요, 라고 물리치료사가 말했다. 환자에게 무식하다고 할수 없어서 에둘러 말했을 것이다.

물리치료사는 어쩌다 통증이 생겼냐고 물었다. 거의 매일 10km를 뛰다 보니 발목에 무리가 갔지만, 이한계를 지나면 곧 적응하리라 믿고 계속 뛰었다고 했다. 그런데 더 뛰다 보니 발등에도 무리가 가서 찾아오게 됐다고 했다. 물리치료사는 무식한 내게 이렇게 말했다. "아프면 쉬어야죠. 더 아프게 만든다고 낫는 게 아니에요."

한동안 발등이 욱신거려 뛰기는커녕 제대로 걷지도

못했다. 몸을 돌볼지 모르는 무식함과 자신의 한계를 넘어서는 용감함을 헷갈린 벌이었다. 내 무식함을 깨닫고 물리치료사의 말을 따라 푹 쉬었다. 그랬더니 다리가 정상적으로 작동했다. 쉬니까 금세 나아지는 걸 왜 그렇게 몰아붙였을까. 물리치료사의 말이 맞았다. 아프면 더 아프게 만드는 게 아니라 아프면 쉬어야 한다.

하는 것이 아니라 되는 것

체중이 5kg 빠졌다. 언제부터 언제까지라고 정확히 말할 순 없지만, 대략 두 달 정도 걸린 것 같다. 다이어트를 하고 싶었던 건 아니다. 살을 뺄 생각은 없었다. 그냥 어느 날 아침, 달리고 와서 몸무게를 확인했더니 그만큼 빠져 있었다. 빼려고 할 땐 그렇게 빠지지 않던 몸무게가 그냥 그렇게 빠져 있었다.

체력을 키워보고자 달리기 시작했다. 처음 달릴 때는 숨이 턱까지 차올랐고, 다음 날은 종아리와 허벅지가 비명을 질렀다. 며칠간 비명을 지르던 다리가 조용해지자 다음은 발목에 무리가 왔고, 발목이 괜찮아지자 발등이 비명을 질렀다. 그 와중에 등과 어깨의 근육도 뭉쳐 통증이 있었다. 부상 방지를 위해 쉬는 날도 있었지만, 그게 아니고서야 뛰는 걸 멈추지 않았다.

그렇게 두 달 정도 지났을까. 자꾸 비명을 지르던 내 몸은 조용해졌고, 턱까지 차오르던 숨은 안정됐다. 2km도 뛰기 힘들었던 내가 10km를 뛰게 됐고, 1km 당 페이스도 1분 정도 단축됐다. 제대로 달릴 수 없는 몸에서, 잘 달릴 수 있는 몸이 된 것이다. 그랬더니 자연스레 체중이 빠졌다.

살을 빼는 게 아니라 10km를 달릴 수 있는 사람이 되는 것, 다이어트를 하는 게 아니라 북한산을 가볍게 오르내릴 수 있는 사람이 되는 것, 닭가슴살에 고구마를 먹는 게 아니라 세 시간은 가볍게 걸을 수 있는 사람이 되는 것. 하는 것이 아니라 되는 것에 집중하면 좀 더 쉬워지는 게 아닐까, 생각했다.

꾸준함의 힘

오늘은 아무도 없는 대학교의 운동장에서 달렸다. 보통은 집 앞 거리를 편한 마음으로 뛰는데, 오늘은 날을 잡고 내가 얼마나 빨리 뛸 수 있는지 확인하기로 했다. 총 5km를 뛰었다. 마지막 1km는 전력 질주를 해서 숨이 턱까지 차올랐다. 기록을 봤다. 평균 페이스는 4분 19초. 기분이 이상했다. 불과 두 달 전만 해도, 이 속도로 뛸 수 있는 사람은 인간이 아니라고 생각했기 때문이다.

달리기를 시작하자고 다짐한 게 작년 12월이었다. 무거운 두 다리를 끌고 집 앞으로 나갔다. 죽을힘을 다해 뛰었다. 그날의 느낌을 생생하게 기억한다. 무릎, 허벅지, 종아리, 등, 어느 한 곳 안 아픈 곳이 없었다. 다 뛰고 나서는 꼭 멀미할 때처럼 속이 뒤집히는 느낌이었다. 다시 뛰고 싶지 않았다. 하지만 며칠 뒤, 조금 진정된 다리를 끌고 다시 한강으로 나갔다.

그렇게, 거의 매일 뛰었다. 기록은 아주 천천히 늘었다. 때론 좋았던 기록이 다시 나빠지기도 했다. 하지만 어느 순간부터 기록은 별로 중요하지 않았다. 나도 모르는 사이, 나는 달리는 걸 즐기고 있었다. 달리는 게 좋아졌다.

매일, 조금씩, 그렇게 두 달을 달렸다. 거리는 10km를 달릴 수 있는 사람이 됐고, 힘을 다했을 때 5km를 4분 20초의 평균 페이스로 달릴 수 있는 사람이 됐다. 뛰는 게 힘든 사람에서, 뛸 수 있는 사람으로 바뀌었다. 많은 변화가 생겼다. 체중이 줄었다. 만성 피로라고 생각했는데 어느새 피로감이 사라졌다. 뭔가 자꾸 해보고 싶은 욕구가 생겨났다. 매일, 조금씩 했더니 벌써 많은 게 바뀌었다.

달리고 나서 돌아오는 길에 내 페이스를 다시 들여다봤다. 불가능하다고 생각했던 페이스였는데, 다시 봐도 신기했다. 사실 달리기를 시작할 때 세웠던 목표는 마라톤 풀코스 완주였다. 불가능하다고 생각했던 목표였다. 하지만 지금은 가능할 수도 있겠다는 생각이 든다. 매일, 조금씩 달리다 보면 언젠가는 42.195km를 달릴 수 있겠다는 생각이 든다. 아니, 달릴 수 있는 사람이 될 거라는 확신이 든다. 매일, 조금씩 한다면, 불가능한 건 없다는 확신이 든다.

페이스만 유지할 수 있다면 다 괜찮다

초심을 잃고 기록에 집착하고 있다는 걸 깨달았다. 다시 내 페이스에 맞춰, 호흡이 편한 속도로 뛰기로 했다. 그렇게 내 페이스에 맞춰 천천히 뛰다 보면 느끼는 게 많다.

첫째, 그렇게 뛰어도 나를 앞지르는 사람들은 거의 없다는 것이다. 왜냐면, 대부분은 걷고 있기 때문이다. 둘째, 걷고 있어도 문제없다는 것이다. 왜냐면, 대부분은 잔디에 앉아 휴식을 즐기고 있기 때문이다. 셋째, 그렇게 앉아 잠시 휴식을 즐겨도 괜찮다는 것이다. 왜냐면, 급히 어딘가로 향하느라 길을 잘못 든 누군가는 자신이 왔던 방향으로 돌아가고 있기 때문이다.

마지막으로, 뛰든, 걷든, 잠시 쉬든 자신만의 페이스를 잃지 않으면 괜찮다는 것이다. 문제는 나보다 앞서가는 누군가를 따라가느라 페이스를 잃는 것이다. 괜한 경쟁심에 타인을 앞지르려다 길을 잃는 것이다. 느리게 뛰어도, 천천히 걸어도, 잠시 쉬어도 괜찮다. 그냥 자신만의 길 위에, 자신만의 페이스를 유지할 수 있다면, 모두 괜찮다.

장인은 도구를 탓하지 않지만,
나는 장인이 아니라서

무언가를 시작할 때, 온갖 장비를 다 챙겨서 시작하는 사람들을 보고 코웃음 치곤 했다. 해발 200m의 뒷동산을 올라가는데 등산 전문 브랜드로 치장한 등산객들을 이해할 수 없었다. 자전거를 타는 사람들도 그랬다. 자전거 페달을 밟기 위한 두 다리만 있으면 될 일인데, 어디 대회라도 나가는 사람처럼 딱 달라붙는 타이즈, 종아리를 압박하는 양말, 고글과 자전거 전용 신발까지, 풀 세트로 장착하며 자전거를 타는 사람들을 보며 혀를 끌끌 차기도 했다. 그런 내가 얼마 전, 런닝화를 샀다. 무려 20만 원짜리 런닝화를.

달리기의 가장 큰 장점은 딱히 필요한 게 없다는 것
이다. 달리겠다는 의지만 있으면 그걸로 충분하다.
나도 한동안은 그 의지로 달렸다. 하지만 뛰는 거리
가 늘어날수록 부상이 잦아졌고, 그때마다 발목을
잘 잡아주지 못하는 신발을 탓했다.

그래도 문제는 내 자세 또는 단련되지 않은 다리 근
육의 문제라고 생각했다. 그래서 쉬는 동안 자세를
공부한다고 달리기 선수들의 영상을 봤다. 그중에서
도 마라톤 풀코스를 넘어 100km를 달리는 울트라
마라톤의 신화 '짐 웜슬리'의 영상을 찾아봤다. 짐
웜슬리에 대해 잘 모르는 사람들을 위해 설명을 덧
붙이자면, 100km를 평균 페이스 3분 40초 정도로
달리는 괴물이라고 보면 된다. 그의 100km 질주를
보는 내내 감탄했다. 그리고 그의 질주를 보는 내내
그가 신고 있는 신발이 눈에 들어왔다. 문득 그의 신
발을 보며 이런 생각을 했다. '내가 저 신발을 신고
달리면, 더 이상 변명할 여지가 없겠구나.'

그래서 며칠 뒤, 그가 신던 신발과 같은 모델을 사기 위해 한 매장에 들렀다. 가격은 무려 20만 원. 태어나서 한 번도 이 정도 가격대의 신발을 신어보지 않던 내겐 다소 지나친 가격이었다. 막상 매장 안에서 신어보니 썩 편하게 느껴지지도 않았다. 전에 신던 신발은 쿠션이 말랑말랑해서 스펀지 같았는데, 이 신발은 바닥이 딱딱한 느낌이라 더 불편하게 느껴졌다. 그래도 구매하기로 했다. 더 이상 장비 탓을 하고 싶지 않았다.

드디어 새 신을 신고 뛰던 그 날, 나는 '와, 진짜 다르긴 다르구나.'를 육성으로 내뱉으며 달렸다. 그 전엔 지면과 발이 직접 닿는 느낌이었는데, 이 신발은 그렇지 않았다. 발의 아치가 바닥에 닿지 않게 설계가 된 건지, 뛰고 나면 항상 욱신거리던 발바닥도 아프지 않았다. 그리고 발목과 발등도 꽉 잡아주는 느낌이라 발목과 발등의 부상도 이후로 생기지 않았다. 뛰면 뛸수록 그간 무시했던 장비의 중요성을 실감하며, 이 정도 상태라면 조만간 하프에 도전해봐도 되겠다는 생각이 들었다.

아, 맞다. 신발 자랑이 아니라 장비의 중요성에 대해 말하려고 이 글을 썼다는 걸, 깜빡했다. 장인은 도구를 탓하지 않는다고 한다. 하수들이나 장비를 탓한다고들 한다. 맞는 말이다. 아마 짐 웜슬리는 내가 전에 신던 신발을 신고도, 아니, 슬리퍼를 신고도 거뜬히 마라톤 풀코스를 뛰었을 것이다. 그는 장인이니까.

하지만 난 장인이 아니었다. 내 목표처럼 부상 없이, 오래 뛰기 위해선 내 다리를 지탱해 줄 최소한의 장비가 필요했다. 험한 등산로에선 등산화가 필수이듯, 달리기엔 런닝화가 필수다. 소중한 무릎과 발목, 발등뿐만 아니라 다리를 보호하기 위해 런닝화는 필수다. 굳이 값비싼 런닝화일 필요는 없다. 자기 능력에 맞는, 자기 발에 맞는 런닝화면 충분하다.

이제 막 달리기를 시작한 사람에게는 굳이 런닝화를 권하고 싶진 않다. 비싼 런닝화를 샀다가 얼마 뛰지 않고 달리기를 그만둔다면, 돈 낭비가 될 뿐이니까. 런닝화는, 내가 장인이 아니라는 걸 깨달았지만, 장인의 마음으로 더 오래 더 안전하게 뛰고 싶은 사람들에게 권하고 싶다.

* 현재는 미니멀 슈즈를 즐겨 신는다.

첫 하프의 기록

오늘은 달리기를 쉴 생각이었다. 그런데 내일 비가 온대서 그냥 오늘 달리기로 했다. 목표는 20km였다. 장거리를 뛰기에 날씨는 딱 적당했다.

시작 전 : 군 현역 시절, 강원도에서 열린 마라톤 하프 코스에 도전했다가 발바닥부터 허벅지까지 쥐가 나는 바람에, 반환점부터는 거의 걸어와야만 했다. 그로부터 14년이 흐른 내 나이 서른다섯. 하프를 뛰는 게 가능할까. 시작 전부터 걱정이 앞선다.

시작 : 오늘의 목표는 중간에 걷지 않고, 부상 없이, 호흡이 편한 속도로 20km를 완주하는 것. 처음부터 속도를 올리지 않고 6분 정도의 페이스에 맞춰 달리

기로 한다. 컨디션이 좋다. 좋아, 느낌 좋아.

~5km : 매일 5~10km는 뛰어서 그런지 무난하다.
이 정도면 20km가 아니라 풀코스도 뛸 수 있을 것
같다. 하지만 속도를 올리지 않기로 한다. 오늘은
10km가 아니라 20km를 뛰어야 하니까. 평소보다
느리게 뛰고 있지만, 주변을 둘러보니 모두가 걷고
있다. 그들보다는 내가 빠르다.

5~10km : 8km를 지났을 때였나. 갑자기 온몸에 소
름이 돋는다. 소름이 온몸에 퍼져 다리가 가벼워져
날아갈 것 같은 느낌이다. 나도 모르게 눈물이 터질
뻔했다. 이어폰에서 흘러나온 노래 때문이었을까.
이게 뭐, 러너스 하이 그런 건가.

10~15km : 반환점을 돌아 다시 집으로 향하는 길,
이 정도면 마지막까지 별 무리 없이 복귀할 수 있을
것 같다. 문제는 내가 선곡한 플레이 리스트가 모두

끝나고, 유튜브의 자동 선곡이 이어졌다는 것. 자꾸 느린 템포의 재즈가 흘러나온다. 휴대전화를 꺼내 플레이 리스트를 바꾸려고 했지만, 그런 동작을 할 만큼 체력이 좋지는 않다. 느린 재즈를 귀로 흘리고, 내 발 소리에 몸을 맡기기로 한다.

15~20km : 나머지 5km는 기억이 나질 않는다. 잠실 철교를 지나고 익숙한 구간이 나오자 급격히 체력이 저하된다. 집에 쟁여 놓은 이온 음료들이 눈에 아른거린다. 빨리 들어가서 이온 음료를 벌컥벌컥 마시고 싶다는 생각밖에 들지 않는다. 지루하다. 정말 지루하다. 빨리 들어가고 싶지만, 속도를 낼 힘은 없다. 가까스로 리듬을 잃지 않고, 페이스를 유지한 채 집 앞까지 도착. 20km를 완주했다는 기쁨은 없다. 물, 물, 물!

이온 음료를 세 병이나 마시고 이 글을 적는다. 달리기를 본격적으로 시작한 게 3개월 전이었나. 그냥 하루를 제대로 살아내고 싶었다. 욕심을 내자면 42.195km를 달릴 수 있는 사람이 되고 싶었다. 무기력함과 만성 피로를 겪으며 매번 나이 탓만 하는 나를 벗어던지고 싶었다. 오늘은 그 절반을 해낸 날이다. 런닝화를 판매하는 사장님이 마라톤 풀코스는 10km의 4배가 아니라 10배 정도 힘들다고 보면 된다고 말씀하셨던 게 기억난다. 아마 풀코스는 하프의 5배 정도 힘들 것 같다. 벌써 겁먹을 필요 있나. 이렇게 천천히, 내 페이스에 맞춰 뛰다 보면, 언젠가는 풀코스도 뛸 수 있는 사람이 돼 있겠지.

정신이 육체를 지배할까

달리기를 시작하기 전의 나는 형편 없는 체력을 가지고 있었다. 아침에 눈을 뜨는 게 너무나도 힘들었고, 겨우 눈을 뜨고 일하다가 점심이 다가오면, 졸음이 쏟아졌다. 낮잠을 자지 않으면 하루 생활이 불가능할 정도였고, 낮잠을 잔다고 해도 그 피로가 풀리지 않아 저녁까지 힘들었다. 그냥 온종일 피로가 사라지지 않았다. 피로에 좋다는 비타민도 먹어보고, 이제는 관리할 때라며 온갖 영양제는 다 챙겨 먹었지만, 효과는 없었다. 내 몸 안의 피로가 영양제마저 삼켜버리는 것만 같았다.

가장 힘든 건, 걷는 것이었다. 걷는 게 싫어 무조건 에스컬레이터를 선호했고, 너무 힘들 땐 지하철 엘리베이터를 이용하기도 했다. 조금만 걸어도 머리가 멍해질 정도로 체력이 급감했고, 발과 다리가 욱신 거렸다.

이토록 형편없는 체력 때문에 소중한 시간을 망치기 도 했다. 부모님과 처음으로 떠났던 제주 여행에선, 급격한 체력 저하와 장염 증세로 응급실에 실려 가 야만 했다. 짝꿍과 함께 갔던 캐나다의 어느 웅장한 산에선, 몇 걸음도 채 오르지 못하고 내려와야만 했 다. 내 다리만, 내 체력만 좀 따라줬어도, 아마 지금 까지 했던 경험들보다 두 배는 더 많은 경험을 했을 텐데.

사람들이 묻는다. 달리기를 하면 체력이 확실히 늘 어나냐고. 나는 그들에게 이렇게 말한다. 달리기를 하기 전과 달리기를 한 후의 나는, 아예 다른 사람이 라고.

지금의 나는 시체처럼 일어나지 않는다. 잠깐 눈을 비비고 일어나 운동복으로 갈아입고, 공복 달리기를 한다. 더 이상 지하철의 빈자리를 찾아 헤매지 않으며, 에스컬레이터가 붐비면 운동 삼아 계단을 오른다. 무조건 버스를 타야만 했던 거리도 날이 좋으면 걷는다.

나는 그동안 정신이 육체를 지배한다는 말을 위안 삼아, 육체를 내팽개쳤던 것 같다. 하지만 뼈저리게 깨달았다. 기본적인 체력이 뒷받침되지 않으면, 아무리 강력한 정신이더라도 비루한 몸을 어찌할 수 없다는 사실을. 체력이 마이너스면, 아무리 정신력이 강해도 결국 결과는 마이너스라는 사실을.

만일을 대비하기 위해

역대급 황사가 온다는 이야기를 듣고 아침 일찍 한
강으로 향했다. 다행히 아직까진 공기가 맑았다. 저
멀리 잠실 롯데 타워가 선명히 보였다. 기쁜 마음으
로 30분 정도만 뛰어야지, 라는 생각으로 가볍게 달
리기 시작했다.

어디선가 말은 할 수는 있는데 노래는 부르기 힘들
정도의 속도로 뛰라는 이야기를 듣고, 딱 그 정도의
속도로 달렸다. 어라, 그런데 페이스가 4분 후반이
다. 좀 더 속도를 늦춰야겠다고 생각하고 달리는데,
페이스가 줄지 않는다. 오늘은 오래 뛰지 않을 거니
까 그냥 이 속도로 뛰어야겠다고 생각하고 속도를
유지했다. 여전히 몸은 가볍고, 공기는 상쾌했다.

좋은 컨디션을 유지한 채 반환점을 돌아 집으로 돌아가는 길, 한 번도 가지 않은 길이 괜히 탐났다. 언뜻 보니 이 길로 달려도 집과 연결이 될 것만 같았다. 혹시나 길을 잘못 들어도 저 멀리 보이는 다리를 건너면 다시 한강으로 합류할 수 있으니까, 오늘은 색다른 길로 달려보기로 했다. 오늘은 적당히 뛸 거니까. 컨디션이 좋으니까.

그렇게 한참을 달렸다. 그런데 길이 좀처럼 집으로 향하는 길과 이어지지 않았다. 그래서 저 멀리 보이는 다리까지 더 달리기로 했다. 어라, 가까이서 보니 다리를 건넌다고 해도 집으로 갈 수 있는 길이 아니었다. 다시 돌아가는 수밖에.

가볍게 느껴졌던 초반 페이스가 점점 버겁게 느껴졌다. 속도를 줄여도 여전히 버거웠다. 길을 헤매지 않았으면 지금쯤 집에서 쉬고 있을 시간인데…. 오랜만에 왼쪽 허벅지가 뻐근했다. 요즘엔 말썽을 부리

지 않던 왼쪽 발목도 욱신거렸다. 속도를 더 늦춰 봤
지만, 여전히 버거웠다. 페이스 조절 좀 할 걸, 이라
는 후회와 동시에 내가 길을 헤맬 줄 알았나, 하는
생각이 들었다. 결국, 마지막엔 초반 페이스보다 훨
씬 늦은 속도로 달려 겨우 집에 도착했다.

뜻밖의 일은 언제나 일어난다. 내 잘못으로 인해, 타
인의 잘못으로 인해, 환경적 요인으로 인해. 결코 예
상할 수 없는 일이지만, 언제 마주할지 모르는 그 뜻
밖의 상황에 대비하기 위해 10%의 에너지는 남겨
놔야겠다고 생각했다. 그 10%의 에너지는 결승선이
가까워졌을 때, 전력을 다해 소비해야겠다고 다짐했
다.

바람이 분다고 달릴 수 없는 건 아니다

미세먼지가 걷히고 오랜만에 정말 날씨가 좋았다, 고 생각했다. 하지만 기쁜 마음으로 나가서 뛰는 순간, 달리기엔 날씨가 썩 좋지 않다는 걸 깨달았다. 바람이 거세게 불었기 때문이다.

주말이면 항상 북적이던 한강은 썰렁했다. 자전거를 타는 사람도, 산책을 하는 사람도 거의 없었다. 그럴 만했다. 무슨 일인지 바람이 몹시 화가 나 있었기 때문이다. 그래도 나는 바람을 정면으로 맞서며 뛰기로 결심했다.

이럴 땐 마스크가 오히려 도움이 됐다. 역으로 불어오는 바람이 코와 입에 바로 들어오면 호흡에 방해

가 되곤 하는데, 마스크를 쓰고 있으니 오히려 호흡
이 편했다. 펄럭이는 바람막이가 움직임을 둔하게
만들긴 했지만, 오늘은 근력운동 한다고 생각하고
평소처럼 뛰었다.

참 신기하게도 그 거센 바람에도 불구하고 컨디션
이 나쁘지 않았다. 아니, 오히려 좋았다. 나쁘지 않
은 기록으로 반환점을 돌고 집으로 돌아오는 길, 갑
자기 세상이 변했다. 해는 따스했고, 귀를 때리던 바
람 소리는 잠잠했다. 반환점을 돌자 나를 때리던 바
람이 어느새 내 편이 되어 내 등을 밀었다. 집에 돌
아오는 5km가 얼마나 즐겁던지. 원래 10km만 뛰기
로 했는데 아쉬운 마음에 2km를 더 뛰었다. 그리고
기분 좋은 마음으로 집에 도착했다.

집으로 돌아오는 길, 내 뇌리엔 한 문장이 꽂혔다.
"바람이 분다고 달릴 수 없는 건 아니다." 억지로 만
들어 낸 문장은 아니다. 달리면서 워낙 많은 생각을

하는 게 습관이 돼서 자연스레 떠오른 문장이었다.

오늘 내가 달렸던 한강처럼, 인생에도 바람은 항상 불어 닥쳐왔고, 앞으로도 불어닥칠 것이다. 가끔은 내 뺨을 후려치기도 할 것이고, 내 다리를 앞으로 나아가는 걸 방해하기도 할 것이다. 하지만 나는 선택할 수 있다. 그럼에도 불구하고 달릴 것인지, 그냥 바람이라는 핑계로 멈춰있을 것인지.

심지어 바람이 아니라 폭우가 쏟아진대도, 폭설이 쏟아진대도 난 선택할 수 있다. 선택의 자유는 각자에게 있지만, 난 앞으로도 달린다는 선택을 할 것이다. 환경이 내 속도를 더디게 만들 순 있어도, 내 움직임을 불편하게 만들 순 있어도, 달린다는 선택을 멈출 순 없을 것이다. 멈춰있을 것인가, 그럼에도 불구하고 앞으로 달릴 것인가. 그건 내 선택이다.

나는 매일 나아지고 있다

달리기의 가장 좋은 점을 하나만 꼽자면, 나는 매일 나아지고 있다는 사실을 깨달을 수 있다는 것이다.

처음엔 2km를 뛰고 호흡곤란이 왔다. 절망적이었지만 그게 내 현재 상태였다. 하지만 거의 매일 뛰다 보니 거리는 2km에서 3km로, 3km에서 5km로, 5km에서 10km로 늘어났다. 힘들었던 거리가 더 이상 힘들지 않게 됐다. 자연스레 기록도 단축됐다. 사실 이런 수치는 중요하지 않다. 매일 같은 코스를 뛰는 내 몸이 말해줬다. 넌 매일 나아지고 있다고.

많은 사람이 자존감을 올리는 방법을 묻는다. 글쎄, 거울 앞에서 넌 매일 나아지고 있다고 외치는 것도 도움이 되겠지만, 그보다 더 확실한 방법이 있다. 매일 나아지는 나 자신을 확인하는 것이다. 팔굽혀펴기를 한 개도 못 하던 사람이 100개를 하게 되면, 턱걸이를 한 개도 못 하던 사람이 20개를 하게 되면, 1km도 못 뛰던 사람이 10km를 뛰게 되면, 어떻게 될까.

매일 나아지고 있다는 사실을, 매일 눈으로 확인하는 것. 어제의 나보다 일 분이라도, 한 개라도 더 나아지는 것. 이게 자존감을 높이는 가장 확실한 방법 아닐까.

트랙 안의 삶과 트랙 밖의 삶

평소엔 한강을 따라 뛴다. 잔잔하게 흐르는 강을 보
면서, 지저귀는 새 소리를 들으며, 맑은 날씨를 만끽
하며 달리는 게 나는 참 좋다. 트랙 위에서 뛰는 것
도 나쁘진 않지만, 한강에서 뛰는 게 습관이 돼서 그
런지 영 재미가 없다.

한 번은 고향에 내려와 마땅히 뛸만한 곳이 없어 집
앞에 있는 월드컵 경기장에 가서 뛰었다. 2002년 월
드컵, 스페인과의 4강전이 열렸던 그 경기장이었다.
입구에 들어서자 그때의 열기가 되살아나는 것만 같
아 설레었다. 이렇게나 훌륭한 경기장 트랙에서 뛴
다면 더 멀리, 더 빨리 뛸 수 있을 것만 같았다. 몸을
간단히 풀고, 10km를 목표로 뛰기 시작했다. 그리

고 5km를 달리고 나서, 나는 달리기를 멈췄다. 재미가 없었기 때문이다.

가장 바깥 트랙으로 크게 돌아도 2바퀴를 더 돌아야 1km였다. 20바퀴를 넘게 뛰어야 10km였다. 아무리 돌아도 트랙은 변함이 없었고, 내가 볼 수 있는 건 기껏해야 트랙과 텅 빈 관중석뿐이었다. 반복되는 트랙을 스무 바퀴나 뛰어야 한다니. 그 생각만으로도 벌써 지치는 느낌이었다.

그런데 신기하게도 실제로 빨리 지쳤다. 뛰면 뛸수록 몸은 무거워졌고, 스텝도 가끔 엉키는 느낌이었고, 호흡은 들쑥날쑥했다. 아스팔트 바닥보다 쿠션감도 있을 테고, 스무 바퀴라는 정확한 목표를 향해 돌기만 하면 되는 최적의 코스였다. 하지만 내게는 맞지 않았다. 내가 달리기에서 가장 중요하게 생각하는 재미가 없었기 때문이다. 호흡이 거칠어질 정도로 뛰었는데도, 평소보다 기록이 느리게 나왔다.

다 뛰고 나서 스트레칭을 하며 트랙을 보고 있는데 괜히 웃음이 나왔다. 이게 내 인생이라는 생각이 들어서.

어렸을 적의 난 트랙을 따라가는 삶보다 트랙 밖의 삶을 동경했다. 공부를 열심히 해서 해외의 유명 대학교에 합격한 사람의 이야기보다는, 멀쩡히 다니던 학교를 그만두고 세계 여행을 떠난 사람의 이야기에 끌렸다. 실제로 내가 동경하던 사람들의 나이가 됐을 때, 나는 그런 삶을 살게 됐다. 사람들이 하지 말라는 일에 관심을 가졌고, 부모님이 걱정할 만한 일에 뛰어들었고, 사회에서 마땅히 그러해야 한다는 일에 지루함을 느꼈다. 덕분에 또래 친구들과는 사뭇 다른 삶을 살았다. 때론 튀어나온 돌에 걸려 넘어지기도 하고, 평평하지 못한 길을 달리느라 다리에 무리가 오기도 했지만, 차라리 그게 나았다. 남들이 달리는 트랙을 따라 달리는 것보다 남들이 가지 않는 곳을 홀로 달리는 게 훨씬 재밌었다. 그래서 그냥 그렇게 살아왔다. 내가 재밌다고 생각하는 길을 따라, 남들이 걷지 않는 길을 걸어왔다.

재미없는 달리기를 마치고 집으로 돌아오는 길, 아, 역시 이게 나라는 사람이었어, 라는 생각이 들어 자꾸 웃음이 나왔다. 맞아, 트랙을 뛰든, 아스팔트 바닥을 뛰든, 한강을 뛰든, 모래사장을 뛰든, 그게 뭐가 중요해. 어디서 뛰느냐가 뭐가 중요해. 중요한 건, 내가 뛰면서 재미를 느끼고 있느냐, 이거지. 그거면 충분한 거지.

속도를 맘대로 조절할 수 있다는 느낌

이틀 전에 이어 오늘도 트랙에서 달렸다. 뛸 만한 곳
이 마땅치 않아 할 수 없었다. 개인적으로 큰 재미를
느끼지 못하는 트랙 달리기를 위해 음악을 잔뜩 준
비했다. 오늘은 음악으로 지루함을 달래볼 생각이었
다.

음악을 들으며 흐느적거리며 뛰다 보니 초반 페이스
가 상당히 느리게 나왔다. 속도를 조금 올렸는데도
6분이었던 페이스가 여전히 늘지 않는다. 뭐야, 시
계가 문제가 있는 건가 생각했지만, 역시 음악에 너
무 깊이 빠진 게 이유라 생각하고, 속도를 조금 더
올렸다. 5분 30초. 3km를 지나자 점점 몸이 풀렸다.

무거웠던 몸이 풀리고, 리듬이 편안해졌다. 페이스는 점점 빨라졌는데 호흡은 오히려 편했다. 참 신기했다. 아무리 달려도 지칠 것 같지 않은, 그런 느낌을 받았다. 그래서 직선 코스에서는 더 속력을 내보기로 했다. 호흡이 빨라지긴 했지만, 곡선 코스를 돌며 속도를 좀 늦추자 호흡이 다시 정상으로 돌아왔다. 그리고 다시 입과 코로 서늘한 바람을 들이쉬며, 직선 코스에서 속도를 냈다. 속도를 빠르게 했다, 줄이기를 반복하며 그렇게 10km를 달렸다.

"아, 정말 신나게 달렸다." 내 몸을 내 멋대로 컨트롤할 수 있다는 기분 때문인지 그 어느 때보다 즐거운 달리기였다. 6분 후반대의 속도로 겨우 2km를 달리며, 거친 숨을 쉬다 호흡이 멎을 뻔했던 처음을 떠올렸다. 그땐 내가 이렇게 즐겁게 달릴 수 있을 거라곤 생각하지도 못했는데. 분명 내 몸인데도 불구하고 어찌할 수 없어 패배감만 가득했는데.

느리게 갈 수밖에 없어 느리게 가는 건 힘들다. 빨리 갈 수밖에 없어 쫓기듯 내달리는 건 더 힘들다. 속도를 자유자재로 조절하며, 느리게 가고 싶을 땐 느리게, 빨리 가고 싶을 땐 빨리 갈 수 있다면, 그게 곧 즐거운 삶이다.

30km 달리기 도전

나는 달리기와는 거리가 먼 사람이었다. 그렇다고
운동을 하던 사람도 아니었다. 그러다 작년 12월부
터 달리기를 시작했고, 저번 20km에 이어 오늘은
30km에 도전했다.

20km는 힘들었지만 그래도 괜찮았다. 30km는 그
때의 1.5배만 더 힘들면 된다고 생각했다. 큰 오산이
었다. 30km는 20km의 1.5배가 아니었다. 거의 10
배 정도 더 힘들었다.

암사한강공원에서 반포한강공원까지 16km를 달렸
다. 그때까지만 해도 무난했다. 귀에서 흘러나오는
노래도 좋고, 비 온 뒤에 날씨가 갠 풍경은 내가 좋

아하는 시애틀을 떠오르게 했다. 하지만 20km를 지나고 나서부터, 가볍던 다리가 점점 무거워지기 시작했다.

허벅지가 점점 무거워지더니, 왼쪽 허벅지에서 미세한 경련이 느껴졌다. 이러다 쥐가 날까 무서워 속도를 좀 줄였다. 그렇게 속도를 줄이고 3km를 더 가니 이번엔 허벅지가 말썽이었다. "그만해라. 많이 달렸다."라고 시위라도 하는 것 같았다.

그래도 그만두지 않고, 속도를 늦춰 계속 달렸다. 다리에 최대한 신경을 덜 쓰기 위해, 두 팔을 좌우로 힘껏 차며 달렸다. 쥐가 날까 두려워 왼손으로 허벅지를 두드리며 달렸다. 마지막엔 이게 달리는 건지, 빨리 걷는 건지 모르게 달렸다. 그래도 두 다리가 땅에 붙어있지는 않았으니 달렸던 건 맞다. 마지막 구간의 페이스는 7분 50초였다. 어쨌든 오기로 달리다 보니 30km를 완주했다.

터질 것 같은 허벅지를 풀고 나서 집으로 돌아오는 길, 오늘은 진짜 도전이었다는 생각이 들었다. 그냥 그만 뛸까, 하는 생각이 수십 번은 들었는데, 그때마다 정신력으로 그 생각들을 잠재웠다. 그리고 그냥 몸이 움직이는 대로 뛰었다. 왼쪽이 힘들면, 오른쪽에 무게를 싣고 뛰었다. 다리가 힘들면 팔을 더 힘차게 휘두르고, 어깨가 아프면 팔을 내리고 뛰었다. 사실 내 체력으론 30km가 무리였을지 모른다. 내 체력으론 25km 정도가 딱 적당했을지도 모른다. 하지만 뛰었다. 나머지 5km는 정신력으로.

뛰면서 나는 왜 42.195km를 달리려고 하는가, 생각했다. 어느 구간에서 그런 생각을 했는지 모르겠다. 아마 엄청 힘든 구간이었으니 이런 질문을 떠올렸겠지. 어쨌든 그에 대한 답은 다음과 같았다. 생에 한 번쯤은 불가능하다고 생각하는 일에 도전해 보기 위해서. 그리고 지금이 아니면 도전과 점점 멀어질 거라는 걸 나는 알고 있으니까.

오늘은 도전이었다. 그리고 더 큰 도전이 남아있다.
42.195km, 마라톤 풀코스 달리기. 내가 42.195km
에 도전하는 날이 언제일까. 그날을 기다리며 즐겁
게 달려야겠다.

달리기의 가장 큰 적

어제 30km를 달리면서 페이스가 흐트러지곤 했는데, 누군가가 나를 앞서갈 때였다. 어리석게도, 나도 속도 내면 저 정도는 금방 따라잡는데, 하는 생각이 들었다. 하지만 다른 사람의 페이스에 휘말리지 않도록 애쓰며 나만의 리듬에 맞춰 천천히 달렸다.

나를 앞서가던 사람들은 금방 다시 나타났다. 그들은 다 뛰고 나서 걷거나 쉬고 있었다. 30km를 달리려는 나와 단거리를 달리는 그들의 목표는 달랐다. 이렇게나 당연한 사실을 왜 나는 몰랐을까. 왜 나를 앞서가는 타인의 뒷모습을 보며, 혼자 조바심을 냈을까.

각자의 목표는 다르다. 누군가는 빠르고 짧게 가고 싶을 수도 있고, 누군가는 천천히 길게 가고 싶을 수도 있다. 누군가는 빠르고 길게 가기를 원해 상상을 초월하는 노력을 할 수도 있다. 어떤 목표를 가져도 상관없다. 중요한 건, 애초에 목표가 다른 타인의 속도에 맞춰 달리지 않는 것이다. 오로지 내 목표에 맞는, 나만의 페이스로 달리는 것이다.

컨디션이 좋을 때가 오히려 위험할 때

한동안 푹 쉬었다가 오랜만에 몸을 풀기 위해 한강
으로 나섰다. 7분 대의 페이스로 5km를 달렸는데,
컨디션이 좋다. 몸이 가볍고, 어느 곳 하나 거슬리는
곳이 없다. 이 상태로 항상 가보고 싶었지만, 중간에
엘리베이터를 타야 이동할 수 있는 곳이라 미뤄두었
던 잠실 철교를 찍고 돌아오기로 했다. 날씨도 좋고,
컨디션도 좋고, 잠실 철교 위에서 넓게 펼쳐진 한강
을 보며 뛸 생각을 하니 설레기 시작했다.

역시, 페이스를 올려 잠실 철교로 가는 길에도 여전
히 컨디션이 좋다. 평소보다 보폭이 좀 넓은 것 같지
만, 괜찮다고 생각했다. 평소보다 페이스가 빠른 탓
에 숨이 좀 거칠어졌지만, 괜찮다고 생각했다. 이 정

도 컨디션이면, 잠실 철교를 건너는 엘리베이터까지 금방 도달할 것만 같았다. 하지만 오산이었다. 화창한 날씨와 최상의 컨디션이 만들어낸 긍정적 기분은, 내 페이스를 엉망으로 만들었다.

초반의 스피드로 10km는 무리었다. 아니, 5km도 무리었다. 아직 잠실 철교에 닿지도 않았는데 벌써 숨이 찼다. 넓은 보폭 때문인지, 30km의 피로에서 아직 회복되지 않은 탓인지, 왼쪽 허벅지 부분에 약간의 무리가 왔다. 그래도 엘리베이터를 타는 동안 조금 몸을 풀고, 잠실 철교 위를 달리기 시작했다. 여전히 날씨는 맑았다. 한강은 푸르고 넓게 펼쳐져 있었다. 하지만 나는 그 좋은 경치에 집중하지 못했다. 벌써 호흡이 불안정해졌고, 다리의 피로감이 많이 쌓였기 때문이다.

출발점으로 돌아오는 거리는 5km. 그 길을 달리는 게 얼마나 힘들던지. 허벅지의 통증이 점점 커지는 게 느껴졌다. 처음에 무리하지 말 걸, 평소처럼 달릴 걸, 집에 오는 길 내내 후회했다.

컨디션이 좋을 때가 오히려 조심할 때다. 뭐든 할 수 있을 것 같고, 더 많은 걸 해낼 수 있을 것 같다는 느낌이 일시적으로 든다고 해서, 그 일시적 감정에 휘둘린다면, 본래 목표로 했던 곳에 도달하지 못할 수도 있다.

신호를 보내면 멈춰야 한다

30km를 달릴 때, 나를 가장 괴롭혔던 건 왼쪽 다리
의 장경인대였다. 허벅지 바깥쪽을 끊임없이 괴롭히
던 통증은, 무릎 바깥쪽까지 내려와 나를 괴롭혔다.
그래도 무사히 목표한 거리를 완주했고, 그 통증은
하루가 지나니 사라졌다.

그리고 며칠 뒤, 20km 정도의 거리를 다시 달렸다.
그날따라 유독 컨디션이 좋아 속도를 좀 냈다. 5분
페이스로 달려도 힘들지 않아, 본래 계획했던 10km
에서 거리를 더 늘리기로 했다. 하지만 반환점을 돌
고 나니, 전에 아팠던 왼쪽 허벅지 바깥 부분의 통증
이 날 성가시게 했다. 그래도 뛰지 못할 정도는 아니
라 뛰다 보면 사라지겠지, 라는 안일한 생각으로 계

속 뛰었다.

그런데 그 통증이 점점 심해지더니 급기야 계획했던 20km를 다 뛰지도 못하고, 16km 정도에서 멈출 수밖에 없는 상황이 됐다. 이번에도 잘 먹고 잘 쉬면 금방 회복할 거라고 생각했다. 하지만 통증은 약 5일간 지속됐고, 덕분에 5일 동안 달리지 못했다.

그래도 5일을 쉬니 제법 괜찮아진 것 같아 오늘 짧은 거리를, 천천히 다시 뛰었다. 그런데 5km를 넘어서니 정확히 그 지점에서 통증이 다시 느껴졌다. 속도와 거리를 줄였는데, 또 통증이 느껴지니 답답한 마음이었다. 달리기를 멈출 만큼 큰 통증은 아니었다. 하지만 난 멈췄다. 그리고 집까지 걸으며 생각했다. 신호를 보낼 때, 멈췄어야 했는데….

목표한 지점까지 꼭 나아가야 한다는 강박 때문에, 멈춰야 한다는 걸 알고 있지만 멈추면 안 된다고 생각해서, 우리는 몸이 보내는 신호를 무시한다. 하지만 그 신호를 계속해서 무시하면 어떻게 될까. 허벅지에서 보내온 신호를 대수롭지 않게 여기고, 목표한 거리를 채우기 위해 무리해서 뛰었다면, 오늘 내 다리는 어떻게 됐을까. 아마, 앞으로 몇 주는 더 쉬어야 하지 않았을까.

가장 좋은 건, 몸에서 신호를 보낼 때 즉시 멈추는 것이다. 도저히 멈출 수 없는 상황이 아니라면 속도를 늦추는 것이다. 그리고 무사히 하루를 넘겼다면, 충분한 회복의 시간을 가지고 내 몸을 보살펴 주는 것이다. 그래야 오래 간다. 몸에서 보내오는 신호를 무시하지 않아야 오래갈 수 있다.

달리고 싶다

푹 쉬었다. 하지만 달리기만 시작하면 다리가 아팠다. 정확히 왼쪽 허벅지 바깥 부분과 무릎 바깥 부분이었다. 걸을 때는 아무렇지도 않다가 뛰기만 하면 통증이 시작됐다. 날 놀리기라도 하듯 달리기를 멈추면 바로 괜찮아졌다. 이와 같은 증상을 '장경인대증후군'이라고 한단다. 나뿐만 아니라 많은 러너가 겪는 고통이었다.

차라리 크게 아팠으면 좋겠다고 생각했다. 분명히 걸을 수도 있고, 뛸 수도 있는데, 조금 거리를 늘리면 정확히 같은 부위에 통증이 시작됐다: 처음엔 바늘로 쿡쿡 찌르는 느낌인데, 그 느낌을 무시하고 계속 달리면 바늘이 칼날로 변하는 느낌이랄까.

휴식이 답이라는 사실을 알아서 푹 쉬었다. 일주일 동안 아무것도 하지 않았다. 그리고 다시 뛰었는데 또 그 부분에서 통증이 느껴졌다. 며칠 쉬었다가 다시 달리기만 시작하면 또 같은 통증이 시작됐다. 정말 미칠 지경이었다. 결국, 병원의 도움을 받고자 통증의학과를 찾았다.

의사는 허벅지가 문제가 아니라 엉덩이에 있는 중둔근의 문제일 수 있다며, 가볍게 내 엉덩이 부위를 팔꿈치로 눌렀다. 아주 살짝 눌렀는데, 찌릿한 통증에 비명을 질렀다. 의사는 이렇게 말했다. "중둔근은 굉장히 둔감한 근육이라 이렇게 뭉쳐 있어도 대부분이 통증을 느끼지 못해요. 그래서 이렇게 방치하는 경우가 많죠."

의사는 원래 걷거나 달리기를 할 때, 엉덩이의 근육이 큰 역할을 하는데, 중둔근이 제 역할을 못 하면서 허벅지와 무릎 근육이 그 역할을 대신하게 된 게, 통증의 원인이라고 했다. 오늘부터는 집에 있는 야구 공이나 땅콩볼로 중둔근 마사지를 자주 해주라고 했다. 허벅지가 아파서 허벅지만 죽어라 풀었는데, 중둔근이 문제였다니. 원인을 찾은 것만 같아서 답답한 마음은 어느 정도 풀렸지만, 이 부상이 도대체 언제까지 지속될지 몰라 여전히 답답했다.

병원을 다녀온 이후로 생각날 때마다 근육을 풀어주고 있다. 조금씩 나아지고 있지만, 예전처럼 장거리를 뛸 순 없다. 아직도 허벅지의 통증을 살피며 조심스럽게 뛰는 수준이다. 첫 통증이 시작된 지, 거의 두 달에 가까운 시간이 흘렀지만, 과거의 상태를 회복하려면 아직도 먼 것 같다.

발목 부상도 금방 회복됐고, 발등 부상도 금방 회복됐는데, 장경인대 증후군은 참 끈질기다. 아마 이 증후군이 사라지면, 다시는 무리하지 않을 것 같다. 굳이 풀코스를 목표로 뛰지도 않을 것 같고, 내 한계를

뛰어 넘어보겠다고 장거리를 무리하게 뛰지도 않을
것 같다. 그냥 즐겁게, 내 몸이 편한 속도로, 흘리는
땀과 선선한 바람과 하늘거리는 나무들을 보면서 신
나게 뛰고 싶다.

드디어 다시 달리다

기나긴 부상이 끝날 기미가 보인다. 매일 쉬지 않고 중둔근을 풀어주고, 허벅지를 풀어주는 스트레칭을 반복했다. 처음엔 땅콩볼만 갖다 대도 비명을 지르던 근육들이, 이제는 세게 압박해도 소리를 지르지 않는다. 염증은 가라앉고 근육은 많이 풀렸다는 증거일 것이다.

이 정도로 통증이 회복되면, 아예 뛰지 않는 것보다 조금씩 내 다리와 밀당하며 뛰어도 좋다는 지인의 말에, 다시 뛰어보기로 했다. 첫날은 3km를 뛰었는데 전보다 속도는 많이 줄었지만, 나쁘지 않았다. 며칠 후, 조심히 5km를 뛰었다. 전에 평균적으로 뛰던 거리의 절반도 안 되는 거리였지만, 살짝 버겁게 느껴졌다. 하지만 다리는 나쁘지 않았다. 더 뛸 수 있을 것 같았지만, 무리하지 않기로 했다. 무리의 대가가 꽤 크다는 걸 알았으니까.

그렇게 3km, 5km를 무리하지 않는 선에서 뛰다 보니 다리가 점점 더 좋아지는 게 느껴졌다. 그래서 날이 좋은 날, 정말 오랜만에 10km를 달려보기로 했다. 천천히, 호흡이 편한 속도로 뛰었다. 다행히도 왼쪽 허벅지에 별다른 통증을 느끼지 않았다. 하지만 종료 지점에 가까워지자 오른쪽 발바닥에 저린 느낌이 오기 시작했다. 조금 더 뛰니 발등에 약간의 통증이 느껴지는 것 같다. 그래서 10km를 600m 정도 남겨둔 시점에서 그만 뛰기로 했다. 예전 같았으면 이를 악물고 다 뛰었을 텐데.

친구가 그랬다. 눈을 감고 잠이 든 상태로 운전하는 것만 졸음운전이 아니라, 조금 졸린 것 같은데, 하는 상태로 운전하는 것도 졸음운전이라고. 달리기도 그렇다. 다리의 근육이 파열돼서 더 이상 뛰지 못하게 되는 것 뿐만 아니라, 통증이 시작될 때, 그때부터가 부상의 시작이라는 걸.

두 달간의 지긋지긋한 장경인대 증후군을 극복하고 나서 다짐했다. 다시는 몸이 보내는 신호를 무시하지 않기로. 한 번에 높이 도약하려다 고꾸라지지 않기로. 천천히, 단계별로 차근차근 쌓아가기로. 무엇보다도 즐겁게 달리기로.

빨리 가려면, 천천히 가자

"빨리 달리고 싶으면, 천천히 달려라." 1년 가까이 달리면서 깨달은 한 가지다. 작년 겨울, 본격적으로 달리기 시작했을 때, 적잖이 당황했다. 초등학교 운동회 때 웬만하면 1등을 하던 그 시절의 나와 지금의 나는 완전히 다른 사람이었기 때문이다. 속도를 끌어올리기 위해 달리기를 시작한 건 아니었지만, 비루해진 몸뚱이에 조금은 실망했다.

그 후로도 달리기는 계속했다. 하지만 속도는 늘지 않았다. 속도는 신경 쓰지 말자고 다짐했지만, 나는 은연중에 속도를 신경 쓰고 있었다. 빨리 달리고 싶었다. 누가 보면 '저게 뛰는 거야, 걷는 거야?'가 아니라, 적어도 '저 사람 뛰고 있구나.'하고 느낄 정도의 속도로 뛰고 싶었다. 그래서 욕심을 냈다. 보폭을 넓게 하고, 페이스를 오버했다. 그 결과는 부상이었다.

천천히 달리기로 했다. 난 평소에 1km를 6분 정도에 달렸다. 이것도 남과 비교했을 땐 느린 속도였다. 하지만 여기서 1분을 더 늦췄다. 1km를 7분 페이스에 달렸다. 고작 1분 늦췄을 뿐인데, 내 몸은 한없이 가벼워졌다. 보통 3~5km를 뛰던 내가, 속도를 늦추니 7~10km를 뛸 수 있었다.

그 느낌으로 계속 달렸다. 속도는 그대로 유지했지만, 거리는 점점 늘어났다. 5km가 10km가 되고, 10km가 20km가 됐다. 좀 무리긴 했지만 30km를 뛰기도 했다. 그렇게 몇 달을 천천히 달렸다. 그러다 보니 참 신기하게도, 정말 속도가 빨라지기 시작했다.

정확히 말하자면, 천천히 달리기의 기준 속도가 바뀌었다. 내게 '천천히'는 7분 페이스였는데 6분 페이스로 앞당겨졌다. 시간이 좀 더 지나니 그 기준이 5분 대로 앞당겨졌다. 과거와 같이 짧은 거리를 달릴 땐 5분도 느리게 느껴져 4분 페이스로 달렸다. 6분이 4분으로, 무려 2분이나 단축된 것이다.

내공도 없는 상태에서 빨리 달리고 싶은 마음에 무리하던 과거의 내 모습을 떠올렸다. 욕심내다 무리하고, 무리하다 다치고, 다쳐서 뛰지 못하니 스스로 슬럼프에 빠졌던 내 모습이, 꼭 내 삶과 같았다. 단기간에 속도만 단축하려고 전전긍긍하던 내 모습이, 짧은 기간에 좋은 성과를 내려고 급급하던 내 모습과 같았다. 그땐 몰랐다. 천천히 오래가면, 결국엔 크게 성장한다는 것을.

"빨리 달리고 싶으면, 천천히 달려라." 난 여전히 이 문장을 지키려 노력한다. 속도가 늘지 않는다고 답답할 필요 없다. 성과가 눈에 보이지 않는다고 불안할 필요 없다. 힘들지 않게, 천천히 달리면 된다. 천천히, 오래 달리면 된다. 오만 인상 팍 쓰고, 전력 질주하지 않아도 된다. 웃으면서, 주변 풍경도 감상하면서 즐겁게 달려도 된다. 조금 천천히 가도 된다. 결국은 빨리 가게 될 테니까.

인간이 변하기 위해서는 시간이 필요하다

달리기를 하면서 자꾸 몸이 아팠다. 그게 가장 힘들었다. 하루는 발목이 아프더니, 하루는 무릎이 시큰거렸다. 어느 날은 종아리가 뭉쳐서 풀리지 않더니, 어느 날은 허벅지 바깥 부분이 아프기도 했다. 난데 없이 발등이 아프기도 했고, 어깨가 아프기도 했다. 생각해 보면 참 많이도 아팠다. 내 몸은 잘 달릴 수 있는 몸이 아니었기 때문이다.

군대 이후로 제대로 뛰어 본 적도 없고, 그렇다고 해서 하체 운동을 꾸준히 한 것도 아니었다. 그런 상태에서 무리하게 뛰다 보니 아플 수밖에 없었다. 처음엔 괜히 조급함이 생겼다. 다른 사람들의 달리기 기록을 보고 이상한 박탈감을 느끼기도 했다. 다행히도 그만둔다는 생각 대신 주문을 외웠다. "다 시간이 해결해 줄 거야."

조급함을 버리기로 했다. 나를 이제 막 걸음마를 뗀 아이라고 생각하기로 했다. 강도를 낮추고, 호흡이 편한 상태로 뛰었다. 그렇게 천천히, 꾸준히 뛰었다. 몇 달이 지난 어느 날, 문득 내 다리를 봤다. 내 다리가 원래 이랬나 싶었다. 매끈하던 다리에 전에 없던 근육들이 오밀조밀 생겨난 것이다.

이제는 오래 뛰어도, 빨리 뛰어도 아프지 않다. 전에는 전력 질주로 달리던 속도가, 지금은 호흡이 편한 속도가 됐다. 달릴 수 없는 몸에서, 달릴 수 있는 몸이 된 것이다. 그저 시간이 필요했다. 내 몸이 변할 수 있는 시간.

그 시간을 못 견디고 조급한 마음에, 나는 달리기와 맞지 않는 사람이야, 라며 그만둬 버렸다면 내 인생에 큰 부분이 상실됐을 것이다. 인간이 변하기 위해선 시간이 필요하다는 뻔한 사실을 잊었다면, 나는 여전히 내 몸을 탓하며 안 좋은 체력 때문에 골골거리고 있었을 것이다.

인간이 변하기 위해선 시간이 필요하다. 목표가 높을수록 더 긴 시간이 필요하다. 하지만 다들 되는데 나만 안 되는 것만 같은 기분이 들 때가 있다. 우리는 종종 그 기분을 못 견디고 무언가를 그만두게 된다. 하지만 그건, 변하기 위해선 시간이 필요하다는 사실을 잊어서 생긴 착각이다. 순간에 변하는 사람은 없다. 다들 변화에 필요한 기나긴 시간을 견뎌왔을 것이다. 나도 그들처럼 변하기 위해선 시간이 좀 더 필요할 뿐이다. 하지만 조급한 마음에 자꾸 시선을 외부로 돌리다 보니 그 사실을 잊어버린 것이다.

대부분은 시간이 해결해 준다. 아무리 닿기 힘든 목표라도, 계속해서 나아가다 보면 언젠간 닿기 마련이다. 하지만 왜 나만 안 될까, 라는 생각이 자꾸 머리에 맴돈다면 이렇게 되뇌어 보자. "나만 안 되는 게 아니라, 나에겐 그저 시간이 좀 더 필요한 거야." 라고.

달리지 않을 수많은 핑계는
달리기를 시작하는 순간,
먼지처럼 사라진다.

그리고 사라진 핑계 대신,
새롭게 변화한 나를 마주하게 된다.

30km ~ 42.195km

불가능한 것을
가능한 것으로

마라톤을 선택하다

기록은 멈췄지만, 1년간 달리기를 멈추지 않았다. 예전처럼 목표를 가지고 달리지 않았을 뿐이지 꾸준히 뛰었다. 습관이 된 달리기를, 이제는 멈추는 게 더 힘들었다. 숨 막히는 여름에도, 차디찬 겨울에도 뛰었다. 여행을 가서도 멈추지 않았다. 서늘하고 축축한 시애틀의 시골 마을을 뛰었다. 남부 프랑스의 지중해를 따라 뛰었고, 보르도의 와이너리를 따라 뛰었다. 달리기는 이제 떼려야 뗄 수 없는, 내 삶의 일부분이 됐다. 그러다 다시 기록하기로 했다. 그럴 만한 계기가 생겼기 때문이다.

2022년 12월, 차디찬 겨울. 어느 날, 친구가 링크 하나를 보냈다. 동아 마라톤 신청 링크였다. 처음엔 무시했다. 요즘엔 10km 이상은 잘 뛰지도 않을뿐더러, 추운 겨울이라 몸과 마음이 꽁꽁 얼어 있었기 때문이다. 그러다 무슨 생각에서였는지 링크를 클릭해서 신청서를 작성했다. 지금 상태로는 풀코스는 물론이고, 하프도 간신히 뛸 수 있는 상태였지만, 뒷일은 생각하지 않고 신청서를 냈다. 안 그래도 느슨해진 삶에 자극이 필요하던 시점이었다.

며칠 뒤, 신청서를 내고 나서 참여가 확정됐다는 문자를 받았다. 오랜만에 가슴이 뛰기 시작했다. 이제 돌이킬 수 없었다. 2023년 3월 19일, 나는 42.195km를 뛰어야만 했다. 도중에 포기하든, 완주하든, 어쨌든 42.195km를 달리는 출발선에 서야만 했다. 다소 얼떨결에 한 선택이지만, 내가 선택했기 때문이다. 42.195km에 다시 한번 도전해 보기로.

추위 그리고 허벅지

마라톤 풀코스를 뛰기 위해서는 천천히 오래 달리는 연습을 해야겠다고 생각했다. 속도를 내지 않고, 편한 속도로 천천히 뛰면 되는데, 문제는 추위였다. 천천히 오래 뛰다 보니 뛰는 도중에 땀이 식어 추위가 느껴질 정도였다. 그래서 날이 풀리길 기다리려고 했는데, 날씨는 그럴 생각이 없어 보였다. 그래서 영하 3도 정도의 날씨면 괜찮겠다 싶어 일단 나갔다.

다행히 그렇게 춥진 않았다. 컨디션도 나쁘지 않았다. 기분 좋게 뛰다 보니 어느새 종합운동장역이 보였다. 아침에 강연을 하고 왔던 중학교가 그 근처에 있었다. 지하철을 한 번 갈아타고 역으로 나와 10분은 걸어야 했던 곳을, 두 다리로 달려서 올 수 있다는 게 대견했다. 마음 같아서는 더 달릴 수도 있을 것 같았는데, 반환점을 찍고 돌아가기로 했다. 해가 질수록 날씨가 점점 추워졌기 때문이다.

해가 완전히 지니 급격히 날씨가 추워졌다. 트레이닝 복 안에 입은 발열 내의를 뚫고 찬바람이 들어왔다. 추위에 근육이 경직돼서인지, 허벅지의 근육이 뭉치는 느낌이었다. 어느새, 달리기를 즐기지 못하고, 빨리 집으로 돌아가고 싶다는 생각에 갇혀있는 나 자신을 발견했다. 발을 내디딜 때마다 허벅지의 근육이 경직되는 게 느껴졌다. 심상치 않았다. 좋지 않은 신호였다.

다음 날, 앉았다 일어날 때마다 허벅지에서 찌릿한 통증이 왔다. 근육이 뭉쳤다거나, 근육이 뭉쳐서 생기는 뻐근함이 아니었다. 이런 기분 나쁜 통증은 근육에 염증이 생길 때 발생하는 통증이다. 염증을 없애는 가장 좋은 방법은 휴식이다. 아니, 아직 시작도

안 했는데…. 냉찜질을 하고 파스를 바르며 생각했다. '아, 마라톤 괜히 신청했나.'

마라톤 대회까지 남은 기간은 3개월. 과연 내가 해낼 수 있을까. 장담할 수 없다. 지금으로선.

퇴보

오늘은 18km를 뛰었다. 사실상 15km다. 그 이후엔 걷다 뛰다 했다. 허벅지 근육이 뭉쳐서 걸어가려고 했는데, 걸어가려니 추워서 천천히 뛰었다. 뛰는데 또 근육이 뭉쳐서 걷다가, 추워서 또 뛰었다.

평소 뛰는 거에 비해 빠르게 뛴 것도 아니었다. 뛰면서 노래도 할 수 있을 만큼의 속도로 뛰었다. 그런데 항상 10km만 넘어가면 근육이 뭉친다. 달리기를 처음 시작했을 때 빼곤, 이런 일이 없어서 당황스러웠다. 어제 런지를 무리하게 한 게 원인인가. 날씨가 추워서인가.

결국 원인은 하나라는 사실을 깨달았다. 그동안 뛰

는 걸 게을리한 탓이었다. 하프도 가볍게 뛰고, 한 번에 30km를 뛰던 시절과 비교하면 안 되는 일이었다. 그땐 정말 열심히 달릴 때였으니까. 최근에도 꾸준히 달렸지만, 길어봐야 하루에 10km를 달리는 게 전부였으니까. 장거리를 달릴 수 있는 능력이 1년 전보다 퇴보한 것이다.

조급해서는 안 된다는 사실을 안다. 무리하면 부상이 온다는 사실도 안다. 그런데 마음이 조급하다. 천천히 준비하기엔 대회까지 남은 기간이 그렇게 길지 않기 때문이다. 3개월, 90일이라는 시간이 유난히 짧게 느껴진다.

통증, 완화, 또다시 통증

LSD(Long, Slow, Distance) 훈련, 즉, 천천히 오래 달리는 훈련을 하고 있다. 15km 17km, 21km, 점점 거리를 늘려갔다. 하루는 허벅지가 뭉치고, 하루는 종아리가 뭉쳤다. 그래도 풀어주고 뛰고, 풀어주고 뛰다 보니 괜찮아졌다. 마지막으로 하프를 뛰고도 컨디션이 나쁘지 않아서 이제는 뛰는 거리를 30km로 늘려도 되겠다고 생각했다.

그런데 30km는커녕 20km 지점에서 멈출 수밖에 없었다. 왼쪽 종아리가 뭉쳐서 근육 경련이 왔기 때문이다. 여기서 더 뛰면 부상으로 이어질 것 같다는 생각이 직감적으로 들었다. 어쩔 수 없이 달리기를 멈추고 10km를 걸어서 집으로 돌아왔다. 추운 날씨에 종아리가 경직된 상태로 오래 걸어서였을까. 다음날, 발목과 오른쪽 무릎이 시큰거렸다. 달리기를 처음 시작했을 때 주로 느끼던 통증 부위였다. 얼음팩으로 찜질하고, 종아리와 정강이의 근육을 손으로 잡아가며 근육을 풀었다.

통증이 완화됐다 싶어서 뛰면 또 다른 부위에 통증이 생기고, 그 부분을 풀면 또 다른 부위에 통증이 생기길 반복하고 있다. 내가 너무 무리하고 있는 걸까. 너무 성급한 도전이었나. 마라톤 대회가 두 달 앞으로 다가왔다. 과연 나는 할 수 있을까. 5시간 이내에 들어와야만 완주 메달을 준다는데, 나는 과연 완주할 수 있을까. 알 수 없다. 자신감이 점점 떨어진다.

다시 적응하다

공백이 길어도, 과거의 경험은 사라지지 않는다. 몸
은 과거의 감각을 몸 깊숙이 저장하고 있다. 그러다
내가 노력했을 때, 그 감각을 다시 되돌려준다.

설 전날, 광주천을 따라 뛰었다. 하필 시계를 가져오
지 않아서, 중간에 페이스를 제대로 체크하지 못했
다. 그냥 적당한 속도로 30km를 뛰겠다고 다짐하며
천천히 뛰었다. 오늘은 허벅지도 괜찮고, 종아리도
괜찮았다. 날씨도 많이 풀려서 뛰는데 춥거나 덥지
않았다. 주변 환경은 완벽했다. 하지만 생각했던 대
로 30km를 채우지는 못했다. 문제가 있었다기보다,
23km 정도 뛰고 나니 급격히 피로해졌기 때문이다.
물병을 하나 가져와서 중간에 물을 마시면서 뛰었

다면 좋았을 텐데…. 달리기를 마치고 나서 페이스를 체크했는데 깜짝 놀랐다. 1km 평균 페이스가 5분 20초였다. 6분 정도로 뛰었다고 생각했는데 너무 빨리 뛰어버린 것이다. 심지어 20km 구간에서는 러너스 하이가 와서인지, 4분 페이스로 뛰었다는 걸 확인했다. 왠지 그때부터 급격하게 피로해졌는데…. 어쨌든, 나름 뿌듯했다. 장거리를 곧잘 달리던 과거의 내 감각을 되찾은 기분이었다.

설 다음 날, 다시 광주천을 찾았다. 이틀 만에 장거리를 뛰는 건 무리라는 걸 알지만, 며칠 뒤 필리핀 여행을 가면 많이 달릴 수 없기 때문에 조금만 무리하자는 마음이었다. 목표는 천천히 30km. 단, 통증이 오면 달리기를 멈추겠다고 다짐하며 달리기를 시작했다. 역시 6분 페이스로 뛰니까 전보다 훨씬 몸이 가볍다. 심심한 마음에 혼잣말도 하고, 노래도 하며 뛰었다. 아무래도 그저께 오래 뛰어서 그런지 허벅지가 뻐근했지만, 괜찮은 통증이었다. 찌르는 듯한 통증이면 염증이 생겼을 확률이 높지만, 이런 통증은 괜찮다는 걸 이제는 안다. 물병을 중간에 놔두고 왔다 갔다 하면서 급수를 해주며 즐겁게 뛰었다. 그러다 보니 어느새 30km. 그저께도 23km를 뛰었지만, 생각보다 컨디션이 괜찮아서 놀랐다. 이런 페이스로 10km만 더 뛰면 풀코스를 완주할 수 있다는 생각에 자신감이 조금 생겼다.

며칠 전만 해도 20km도 제대로 뛰지 못했는데. 2년간의 달리기 과정이 스쳐 지나갔다. 몸은 그간의 노력을 기억하고 있었나 보다.

10일간의 공백

10일간의 여행을 다녀왔다. 마라톤 대회 전부터 정해져 있던 여행이라 빠질 수 없었다. 10일간 푹 쉴 생각으로 떠난 여행이었지만, 괜히 불안한 마음에 마닐라의 매연을 마셔가며 달렸다. 길게 뛸 수 없는 도시의 환경 때문에, 숙소 주변을 3~5km 정도 매일 가볍게 뛰었다.

귀국한 다음 날, 바로 달렸다. 30km를 생각하고 달렸지만, 결과는 20km. 괜찮았던 왼쪽 종아리가 심하게 뭉쳤다. 안 아프던 왼쪽 허벅지에도 무리가 왔다. 여행 중에 스트레칭에 소홀하기도 했고, 귀국하는 동안 오래 앉아 있느라 근육이 뭉친 상태에서 뛰어서였을까. 애써 끌어올렸던 컨디션이 다시 제자리로 돌아간 느낌이었다.

대회가 다가올수록 마음이 조급해진다. 달리는 행위
보다 완주라는 목표에 집착하는 나를 발견한다. 무
엇보다도 즐겁게 달리는 게 우선이라고는 했지만,
생에 한 번만큼은 해내고 싶다. 불가능하다고 생각
하는 목표에 도전해서 가능하게 만들어보고 싶다.

또다시 종아리

27km까지 괜찮았다. 점점 에너지가 고갈되는 느낌이 있었지만, 5분 30초 페이스로 뛰는 게 무난했다. 후에 심박수를 보니 안정적이었다. 그런데 또 왼쪽 종아리가 문제였다. 급격히 피로감이 느껴지더니 뭉치기 시작했다. 종아리에 돌이 하나 박힌 느낌이었다. 왼쪽 종아리에 신경을 쓰며 달려서 자연스레 오른쪽에 무게 중심이 쏠려서였을까. 멀쩡하던 오른쪽 허벅지도 심상치 않았다. 하나가 무너지면, 다른 것도 연달아 무너지기 마련이다.

다 뛰고 나서 원인을 점검했다. 뭐가 문제일까. 달리는 폼이 문제일 수도 있겠다고 생각했다. 하지만 지금 와서 바꿀 수 있는 문제가 아니었다. 런닝화가 문제일 수도 있다는 조언이 있었다. 그렇다고 해서 새로운 런닝화에 적응하는 건 더 큰 리스크였다. 종아리 근육이 부실해서 그럴 수도 있겠다고 생각했다. 이건 지금이라도 보강할 수 있는 문제였다.

종아리 보강 운동을 찾아봤다. 계단에서 하는 발목 내리기 운동과 카프 레이즈 운동이 있었다. 중량이 없으니 맨몸으로 시작했다. 가볍게 50회 정도만 하려고 했는데, 고작 30회를 하니 종아리가 뻐근해졌다. 종아리가 뭉칠 때의 딱 그 느낌이었다. 오른쪽보다는 왼쪽이 더 빨리 지쳤다. 확실히 왼쪽 종아리의 근육 문제였다. 그동안 허벅지, 발등, 발목 부상은 종종 있어서 그 부분에 대한 스트레칭이나 보강 운동은 가끔 했지만, 종아리는 그렇지 않았다. 그 소홀함이 마라톤 대회를 한 달 앞둔, 지금에서야 나타났다.

일주일 뒤, 35km를 뛸 때까지, 종아리 보강 운동을 제대로 해야겠다. 호흡은 괜찮으니, 근육만 버텨준다면 무사히 완주할 수도 있겠다는 희망이 생긴다. 3개월 전만 해도 할 수 있을까, 라는 의문만 가득했는데 한 달 남은 지금은 조금의 희망이 생긴다. 어쩌면 해낼 수도 있겠다는 희망.

또다시 좌절

웃기다. 일주일마다 마음이 바뀐다. 23km에서 멈췄다. 날이 풀리나 싶었는데 추위가 마지막 발악이었다. 영하 5도의 날씨에 뛰었더니 갑자기 왼쪽 허벅지에 기분 나쁜 통증이 생겼다. 사실 허벅지는 핑계고, 20km 지점을 넘어가면서부터 그만 뛰는 게 옳겠다는 판단이 들었다. 이젠 직감으로 안다. 더 무리해서 뛰면 부상으로 이어진다는 걸.

저번 주 이후로 보강 운동을 꾸준히 하고 있다. 힙밴드를 허벅지에 두른 채 허벅지를 앞으로 또는 뒤로 움직이며 중둔근 강화 운동을 하고 있다. 문턱에 올라가 뒤꿈치를 들어 올리는, 카프레이즈 운동도 계속해서 하고 있다. 무작정 거리를 늘려 오래 달리는 것보다 달리면서 부족한 부분을 채워주는 게 좋겠다는 생각이다.

이제 정말 얼마 남지 않았다. 마라톤 대회 일주일 전부터는 아무것도 하지 않고 푹 쉬어야 한다는데, 그렇다면 장거리를 뛸 수 있는 시간은 딱 3일이다. 3일 동안 나는 좌절하게 될까, 아니면 다시 희망을 찾게 될까.

내가 무슨 Sub 3세 시간 내에 완주하는 것를 목표로 하는 것도 아니고, 그저 5시간 안에 무사히 완주하는 게 목표인데, 그게 이렇게 힘든 일인 줄 몰랐다. 그래도 해야지. 해내야지. 할 수 없다면, 할 수 있게 만들어야지.

좌절의 연속

생각날 때마다 카프 레이즈로 종아리 보강 운동을 했다. 지하철을 기다리면서도, 신호등 신호가 바뀌기를 기다리면서도 뒤꿈치를 들고 종아리를 괴롭혔다.

그리고 일주일 뒤, 28km를 달렸다. 그러다 멈췄다. 이번엔 오른쪽 허벅지의 내측광근이 문제였다. 내측광근이라는 근육이 있다는 사실도, 달리고 나서 원인을 찾다가 알게 된 사실이다. 저번에도 아슬아슬하더니 이번에는 대놓고 근육 경련이 일어나려고 했다. 답답한 마음에 잠깐 멈춰서 주먹으로 허벅지를 쾅쾅 두드리고 계속 달렸다. 하지만 2km를 못 가서 다시 경련이 시작되려고 했다. 알고 있었다. 여기서 더 달리면 부상으로 며칠 고생할 수도 있다는 것을. 하지만 멈추고 싶지 않았다. 이제 그만하면 되지 않았나, 하는 생각에 오기로 달렸다. 어떻게든 오늘 목표로 한 30km는 채우고 돌아갈 생각이었다. 그러다 내가 오기를 부리고 있다는 사실을 알아채고 멈췄다. '제기랄, 도대체 봄이 오긴 오는 거냐.' 2월 25일인데 최저 기온은 영하 5도, 최고 기온은 영상 5도였다. 바람이 차게 불어 체감 온도는 더 떨어졌다. 찬바람이 바지를 뚫고 근육을 때리는데, 경련을 일으키려던 내측광근이 심상치 않게 느껴졌다. 다음 날 새벽, 무릎이 심상치 않았다. 달리면서 이런 적은 없었는데, 무릎 안쪽이 아팠다. 조심히 일어나 냉동실에 얼려둔 아이스팩을 무릎에 댄 채 다시 잠이 들었다. 아침에 다시 눈을 뜨고 무릎 상태를 체크했다. 여전히 통증이 있었다.

이제 장거리를 뛸 수 있는 날은 딱 두 번, 그다음엔 곧장 마라톤 대회다. 하면 할수록 자신감이 떨어진

다. 살면서 이렇게 높은 벽을 마주한 적이 있었나 싶
다. 과연 가능할까, 라는 생각이 머리에서 멈추지 않
는다. 그래도 해내야지. 똑바로 서서 허벅지에 힘을
쥐본다. 어찌 된 일인지 오른쪽 내측광근이 왼쪽에
비해 부실하다. 눈으로 봐도 티가 날 정도다. 지금
내게 필요한 건, 심폐지구력이 아니라 근력이다. 대
회 전까지 달리는 횟수를 줄이고 다리의 근육을 강
화해야겠다. 42.195km, 아니, 35km까지라도 버텨
줄 만한 다리 근육이 필요하다. 그 뒤는 어떻게든 정
신력으로 비벼볼 테니, 그때까지만 버텨줘라, 이 빌
어먹을 다리야.

야소 800

마라톤의 적절한 페이스를 가늠해보기 위해 하는 인터벌 훈련이 있다. '야소 800'이란 훈련이다. 마라톤 풀코스를 4시간에 들어오고 싶다면, 800m를 1km 평균 4분 페이스로 뛰고, 400m를 1km 평균 8분 페이스로 뛰는 것이다. 이걸 한 세트로 해서 총 10번을 실시하는 것이다(예를 들어 목표가 3시간이면 800m/3분 페이스, 400m/6분 페이스로 10세트).

사실, 꾸준히 뛰어온 사람에겐 불필요한 훈련일 수 있다. 지금의 나에게도 불필요한 훈련일 수 있다. 이번 대회에서 뛸 페이스를 미리 정해놨기 때문에 굳이 할 필요도 없었다. 하지만 궁금했다. 그래서 무리하지 않는 선에서 야소 800 훈련을 해보기로 했다.

내가 원하는 목표는 4시간 10분에 들어오는 것이었다. 1km를 6분 페이스로 42.195km를 완주하면 들어올 수 있는 시간이었다. 갑자기 쥐가 올라온다거나 특이사항이 없다면, 충분히 가능한 시간이라고 생각했다. 하지만 오늘은 조금 더 페이스를 당겨보기로 했다. 혹시나 내가 4시간 안으로 들어올 수 있는지 가능성을 테스트해보기로 했다.

800m를 1km 3:50~4:00분으로 뛰어보기로 했다. 첫 800m는 가벼웠다. 처음 해보는 인터벌이라 속도 제어가 쉽지 않았다. 3분 50초보다 더 빨리 뛰다가 속도를 조금 늦췄다. 숨이 조금 차긴 하지만, 이 정도면 할 만하다는 생각이었다. 그 생각은 회가 거듭될수록 사라졌다. 5회에서부터는 3분 50초라는 페이스를 버리고 애초에 생각했던 4시간 10분, 그러니까 4분 10초 페이스로 달렸다. 페이스를 20초 늦췄을 뿐인데, 호흡이 가벼워졌다. 마라톤 완주를 위한 페이스는 1km 6분 페이스란 걸, 다시금 확인했다.

이제는 2주 남았다. 정말 얼마 남지 않았다. 할 수 있을까. 여전히 잘 모르겠다. 주말에 마지막 장거리, 30km를 달릴 생각이다. 일단은 이번 주말만 생각하자.

마지막 장거리

일주일간 다리 근육을 괴롭혔다. 피해 대상은 종아리와 내측 광근, 그리고 중둔근이었다. 내가 사용한 건 무거운 바벨 따위가 아니라 힙 밴드였다. 이 정도의 긴장감에도 계속해서 이완하고 수축하면 근육이 그새 뻐근해졌다. 단 일주일뿐이지만, 종아리도, 이상하리만큼 부실했던 오른쪽 내측광근도, 중둔근도 단단해진 게 느껴졌다.

오늘은 대회 2주 전, 마지막 장거리를 뛰는 날이다. 일주일 전까지 장거리를 뛰는 사람들도 있겠지만, 나는 그러지 않기로 했다. 오늘까지만 장거리를 뛰고, 그 이후로는 가벼운 조깅으로 컨디션을 조절하며 대회에 쓸 에너지를 최대한 아끼기로 했다.

오늘의 목표는, 대회에서 뛸 페이스로 30km를 달리는 것. 대회에서 뛸 페이스는 1km당 6분으로 정했다. 조금 욕심을 내서 5분 40초로 뛰면 sub 4, 그러니까 4시간 안으로 들어올 수 있겠지만, 욕심을 버리기로 했다. 애초에 이번 마라톤의 목표는 완주였으니까. 괜히 욕심을 부려서 후회할 일을 만들지 않기로 한 것이다.

집에서 구리 방면으로 천천히 뛰었다. 속도가 너무 느린 것 같아 답답한 마음이 들었지만, 주변의 경치를 감상하며 차분히 뛰었다. 12km 지점에서 방향을 틀어 오던 방향으로 다시 달렸다. 암사 대교를 건너 암사한강공원으로 들어와 잠실 방면으로 한강을 따라 달렸다. 남은 거리 7km. 다시 방향을 틀어 집 방향으로 뛰었다. 단 한 차례도 멈추지 않고 뛰었지만, 나쁘지 않았다. 허벅지가 뻐근해지긴 했지만, 퍼질 정도는 아니다. 30km 이상을 더 달리면 모를 일이지만, 이 정도면 괜찮다고 말할 수 있는 정도였다.

자신감이 붙어 35km까지 뛰어볼까 하다가 멈추기로 했다. 지금은 체력을 쓸 때지 정신력을 쓸 때가 아니라고 판단했다. 오늘 뛸 5km를 아껴 대회 당일에 끌어 쓰기로 했다.

이제 장거리 훈련은 없다고 생각하니까 맘이 후련했다. 확실히 짧은 시간이나마 근력운동을 한 게 효과를 발휘한 것 같다. 날 괴롭히던 왼쪽 종아리는 놀라울 만큼 탈이 없었다. 다만, 허벅지가 조금 뻐근해지긴 했는데, 이것 또한 대회 전까지 런지 및 스쿼트로 근력을 보강하면 조금은 나아지지 않을까 싶다.

달리기를 마치고 나서 옥상으로 올라갔다. 스트레칭을 하다가 어머니와 잠깐 통화를 했다. "뭐 한다고 그런 걸 하냐." 어머니의 물음에 "지금 아니면 언제 이런 걸 하겠어."라고 답했다. 전화를 끊고 어머니의 물음을 곱씹었다. 나는 뭐 한다고 이런 걸 하고 있을까. 왜 힘든 장거리를 매주 뛰고, 매번 조깅하고, 오르막길을 달리고, 근력운동을 하는 걸까. 뭘 한다고.
완주하면 뭐가 주어진다고.

아직 답은 명확하지 않다. 하기로 했으니까. 하기
로 선택했으니까. 아직은 이게 전부다. 마라톤이 끝
나고 나면 더 있어 보이는 대답이 나오려나. 아직은
잘 모르겠다. 지금은 그런 답을 찾을 때가 아니다.
42.195km를 향해 달릴 때지.

선택하기 전에는
'내가 과연 할 수 있을까?'
의심하지만,

선택한 후에는
'해내고 말 것이다'
다짐하게 된다.

선택하기 전에는 모른다.
불가능의 경계가 어디까지인지.
내가 어디까지 닿을 수 있는지.

42.195km ~

러너에서
마라토너로

42.195km를 향해서

에너지가 쓰이는 순서는 탄수화물, 지방, 단백질 순
서다. 장거리를 달리기 위해서는 탄수화물을 충분히
섭취해야 한다는 이야기. 그래서 마라토너는 대회를
앞두고 탄수화물을 충분히 섭취한다. 엘리트 선수들
은 단백질 위주의 식단을 유지하다가 대회 3일 전부
터 탄수화물을 집중적으로 섭취하는, '카보로딩'을
실시하기도 한다.

나도 탄수화물을 좀 많이 먹기로 했다. 빵도 먹고,
식당에 가서 쌀밥도 먹고, 저녁엔 스파게티도 먹었
다. 폭식 정도는 아니었지만, 평소보다 조금 과하다
싶을 정도로 먹었다. 그게 탈이 될 줄이야.

새벽 5시 30분 기상. 드디어 그동안 준비해왔던 동아 마라톤 대회가 열리는 날. 그런데 수면을 방해할 정도로 속이 좋지 않았다. 아침에 일어나서 곧장 화장실을 찾았지만, 뭔가 시원치 않았다. 그래도 굶을 순 없어서 간단히 오트밀을 먹고, 바나나 두 개를 먹었다. 속은 더부룩하지만, 기별이 없었다. 결국, 시원하게 볼일을 보지 못한 나는, 일단 광화문으로 발걸음을 옮겼다.

광화문역에 도착하니 대회를 앞둔 러너들이 가득했다. 체온을 보호하기 위해 우비를 입고 웜업을 하는 러너들, 체력을 보충하기 위해 에너지바를 먹는 러너들, 자신의 러닝 크루원들과 반갑게 인사하는 러너들. 다들 들떠 보였다. 나는 에너지 넘치는 그들을 지나쳐 곧장 출구로 나갔다. 뒤늦게 배에 기별이 왔기 때문이다. 급하게 핸드폰으로 근처 카페를 찾았다. 오전 7시부터 문을 여는 카페는 별로 없었지만, 다행히도 100m 거리에 프랜차이즈 카페가 하나 있었다. 예의상 아메리카노를 한 잔 시키고, 형식상 한 모금을 마신 나는, 곧장 화장실로 향했다. 그제야 해방감을 느꼈다. 비몽사몽, 우왕좌왕, 안절부절. 대회 당일 아침은 그랬다. 대회를 앞두고 평소에 안 하던 거 하지 말라는 이야기를 그토록 많이 들었는데, 그걸 어긴 대가였다.

대회 기록이 없어서 내가 배정받은 그룹은 마지막 조, G조였다. G조는 8시 30분에 출발해서, 아침에 그 난리를 피웠는데도 시간이 남았다. 아무도 없는 카페에서 8시까지 스트레칭을 하고, 간단한 웜업을 했다. 그리고 드디어, 마라톤의 현장으로 향했다.

광화문의 어느 빌딩 전광판에 마라톤 대회가 생중계 되고 있었다. 힘찬 함성과 함께 엘리트 선수들이 출발했다. 곧이어 A그룹과 B그룹이 출발했다. 출발선 근처에서 그들이 달리는 모습을 보니, 내 심박수도 함께 오르는 느낌이었다. 어제까지는 과연 내가 해낼 수 있을까, 라는 생각이었는데, 막상 도착하니 수많은 러너의 열기 덕분에 그런 생각은 저 멀리 사라졌다. 잇달아 C조와 D조가 출발했고, 몸을 풀며 심박수를 조금 올리는 동안 E조와 F조가 출발했다. 이제는 나도 대기선에 서야 할 시간이었다. 새벽부터 나를 따라와 응원해 준 짝꿍의 응원을 받고, 대기 장소로 가서 출발을 기다렸다. 훈련 기간 동안 날 그토록 괴롭히던 추위는 어딜 갔는지, 더는 핑계 댈 수 없을 정도로 완벽한 날씨였다. 이제 모든 건 나에게 달렸다. 나만 잘 해내면 되는 일이었다.

"자, 다 같이 카운트 들어가겠습니다." 현장에 있는 MC의 힘찬 카운트가 시작됐다. "5, 4, 3, 2, 1." 그리고 힘찬 총성이 울려 퍼졌다. 멈춰있던 두 발을 서서히 굴리기 시작했다. 3개월 동안 열심히 굴렸던 내 두 발, 2년 전부터 꾸준히 나아갔던 두 다리를 땅에서 차며 앞으로 나아갔다.

0km~10km

몸이 가벼웠다. 아침에 그 소란을 피운 것치곤, 더 나빠질 게 없을 정도로 컨디션이 좋았다. 시계를 확인할 때마다 페이스가 너무 빨라져 있어서 의식적으로 속도를 늦추느라 애먹을 정도였다. 아마, 그간의 훈련이 아니었다면 신나게 속도를 올려 달렸을 것이다. 하지만 알고 있었다. 지금은 두 다리가 가볍겠지만, 20km를 넘어가면서부터 점점 무거워질 거라는 걸. 오늘의 목표는 페이스에 너무 얽매이지 않고 5분 40초~6분 사이에서 편안하게 뛰는 것이었다. 더 중요한 목표는 기록과 상관없이 5시간 이내에 완주하는 것이었다. 오늘 달려야 할 거리는 20km도, 30km도 아닌, 42.195km였다. 초반에 욕심낼 필요가 전혀 없었다. 최대한 속도를 줄여 주변 풍경과 사람들을 구경하며 달려 나갔다.

10km~25km

10km를 지났지만, 여전히 몸이 가벼웠다. 그런데 배가 살짝 묵직해졌다. 이번엔 소변이었다. 출발하기 전에도 약간의 기별이 있었지만, 이 정도면 땀으로 배출될 수 있는 정도라고 생각해서 화장실을 찾지 않았다. 그런데 5km 지점에 있는 급수대에서 이온 음료를 마시고 나서, 뛰는 데 방해가 될 정도로 소변이 마려웠다. 나만 그런 게 아니었는지, 상가 건물에서 급히 해결하고 다시 주로로 돌아오는 주자들이 종종 보였다. 나도 달리면서 공공 화장실이 있는 상가 건물을 찾기 시작했다. 그러다 공공 화장실이 있을 법한 어느 박물관을 발견했는데, 그곳을 향해 많은 사람이 달려가고 있었다. 나도 그들을 따라 박물관 안으로 달려갔고, 줄을 기다려 급한 일을 해결했다. 리듬이 끊긴 것 같아 아쉽긴 했지만, 오히려 지금 해결한 게 다행이라고 생각했다. 오늘의 목표는 42.195km라는 걸 다시 한번 상기했다. 전혀 급

할 필요가 없었다.

해방감을 느낀 나는, 다시 주로로 들어와 리듬을 되찾았다. 그렇게 20km까지 쭉 달렸다. 급수대가 나올 때마다 물과 이온 음료를 마시고, 10km마다 에너지 젤을 챙겨 먹었다. 20km 지점에서는 근육 피로에 도움이 된다는 BCAA도 챙겨 먹었다. 그것과 함께 액상으로 된 마그네슘도 한 포 먹었다. 근육 경련이 워낙 잦아서 준비한 마그네슘이었다. 이게 실제로 도움이 되는지는 잘 모르겠지만, 제발, 이번 대회에서는 근육 경련만 피하자는 간절한 마음으로 먹었다. 그 덕분이었을까. 25km까지도 몸에 아무런 이상이 없었다. 페이스를 더 올리면 4시간 안에 들어올 수도 있겠다는 욕심이 들 정도로 컨디션이 좋았다. 기분이 좋았다. 자신감이 붙었다.

25km~30km

어느 터널이었을까. 짧은 내리막길과 오르막길이 있는 터널이었다. 저 멀리 오르막길을 보니, 뛰지 못하고 걷는 사람들이 보였다. 하지만 나는 아직 체력이 남아있었다. 조금 근육이 뻐근해지긴 했지만, 여전히 컨디션이 좋았다. 그런데 터널로 이어지는 내리막길을 향해 달리는 도중, 왼쪽 허벅지에 통증이 느껴졌다. 당황스러웠다. 물론 갑자기 찾아온 통증이 아니었겠지만, 당시의 내게 왼쪽 허벅지 통증은 갑자기 찾아온 불청객처럼 느껴졌기 때문이다. 왼손으로 엉덩이의 중둔근을 꾹 누르면서 계속 달렸다. 그러니 허벅지의 통증이 사라졌다. 하지만 손을 떼면 허벅지의 통증이 다시 올라왔다. 그렇게 중둔근을 눌렀다 뗐다 하며 달리는 사이, 내리막길에 진입했고 통증은 점점 심해졌다. 이대로 계속 달리면 극심한 근육 경련이 올 게 뻔했고, 그렇다면 이번 마라톤 완주는 실패할 게 뻔했다. 터널을 지나 오르막

길을 지난 나는, 잠깐 멈추기로 했다. 주로를 벗어난 나는, 앞을 향해 달리는 사람들을 바라보며 급히 엉덩이를 풀었다. 왼발 아치 부분을 높은 보도블록 위에 대고, 바깥쪽 허벅지가 하늘로 향하게끔 몸을 틀었더니 중둔근 쪽에 자극이 왔다. 나는 자극이 온 부분을 손바닥으로 주물렀다. 제발 다시 돌아와달라는 간절한 마음으로 30초 동안 주물렀다가 몸을 원 상태로 돌렸다. 그랬더니 신기하게도 허벅지의 통증이 마법처럼 사라졌다. 기적 같은 순간이었다. 만약, 과거에 경험한 허벅지 부상이 아니었다면 풀지 못했을 것이다. 바깥쪽 허벅지가 아플 땐 허벅지가 아니라 중둔근을 건드려주면 좋다는 것을 그때 깨달았기에 가능한 일이었다. 잠깐 멈춘 김에 종아리와 오른쪽 허벅지도 풀어주고 다시 주로로 돌아왔다. 다행이었다. 나는 멀쩡하게 다시 달리고 있었다.

30km~38km

다행히도 왼쪽 허벅지는 더 이상 날 괴롭히지 않았
다. 불행히도 내 하반신 전체가 날 괴롭히기 시작했
다. 다행히 근육 경련은 아니었다. 젖산이 쌓일 대로
쌓였는지 다리 근육이 점점 무거워졌다. 더 빨리 달
려도 되지 않을까, 생각했던 페이스를 지키기 힘들
어졌다. 가까스로 6분 페이스를 달리다가, 그마저도
힘들어졌다. 6분 10초에서 6분 20초까지 속도가 쳐
졌다.

이때부터는 기억이 가물가물하다. 세종대학교 앞을
지나, 서울숲도 지났던 것 같은데…. 사실 풍경을 볼
겨를이 없었다. 땅만 보며 달리기도 했고, 나와 비슷
한 페이스를 가진 러너의 등을 보며 달리기도 했다.
한 발 한 발이 위태로웠다. 다리의 힘이 완전히 빠져
서, 잠깐 한눈을 팔다가 발을 잘못 디디면 곧장 근
육 경련으로 이어질 것만 같았다. 하지만 그만둘 정

도는 아니었다. 대회 전에 나 자신에게 했던 약속이 있었다. '머리가 핑 돌아서 어지럽거나, 특정 부위에 찌르는 듯한 통증이 계속 이어지는 것만 아니라면, 그만두지 말자.' 지금의 고통은 내가 달리는 걸 그만둬야 하는 사유는 아니었다. 그저, 정말, 더럽게, 힘든 정도였다. 힘들지만, 그만둘 수 있는 이유는 아니었다. 그래서 달렸다. 걷지는 않았다. 걸으면 다시 달리기 힘들 것 같은 느낌을 받았기 때문이었다. 차라리 1분이라도 멈춰 잠깐 다리를 풀기로 했다. 30km 지점에서 한 번, 35km 지점에서 한 번 다리를 풀었다. 그 이후로는 급수대가 나올 때마다 다리를 풀었던 것 같은데, 잘 기억나질 않는다. 초반의 유연했던 다리 근육은 뻣뻣해질 정도로 뻣뻣해졌고, 페이스는 처질 대로 처졌다. 6분 페이스로 달리자는 목표는 놓쳤지만, 5시간 이내에 완주하겠다는 중요한 목표는 여전히 유효했다. 그만두지만 않으면, 가능한 일이었다.

"할 수 있는데 안 한 거야." 어느 달리기 동호회에서 들고나온 응원 간판이 보였다. 힘든 와중에 웃음이 피식 나왔다. 맞는 말이었다. 나는 할 수 있었다. 하지 않을 이유가 없었다. 여기서 그만둔다면 못 한 게 아니라, 안 한 거다. 계속해서 다리를 움직였다. 누구인지도 모를 응원단과 손뼉을 마주치며, 파이팅을 외쳐주는 응원단에게 힘찬 목소리로 화답하며, 주변에 응원단이 없으면 스스로 기합을 넣고, 스스로 박수를 치며 그렇게 달렸다. 그러다 보니 저 멀리 롯데월드타워가 보였고, 나는 잠실 대교 위를 달리고 있었다.

38km~42.195km

내가 잠실 대교 위를 달리고 있다니. 살면서 내가 언제 잠실 대교 도로 위를 달려보겠는가. 감동적인 순간이었다. 하지만 아쉽게도 감동을 느낄 겨를이 없었다. 정말 마의 구간이었다. 저 멀리 보이는 월드 타워는 왜 그리 가까워지지 않던지. 자꾸 달아나는 것만 같은 월드 타워가 야속할 따름이었다.

마지막 남은 에너지 젤을 먹고, 혹시나 해서 여분으로 가져온 BCAA까지 입에 털어 넣었다. 이전까지는 목이 마르지 않았는데, 더워진 날씨 때문인지 목이 타기 시작했다. 하지만 잠실 대교에 급수대는 없었다. 물 한 모금만 마시면 정말 좋을 텐데⋯. 그때 주로 옆에 서 있던 누군가가 말했다. "물 마시고 가세요, 물." 주최 측에서 준비한 급수대는 아니었다. 일반 시민이 준비한 급수대였다. 잠깐 주로를 벗어나 물과 이온 음료를 마셨다. 생명수나 다름없었다. 말

할 힘도 없었지만, 크게 외쳤다. "감사합니다." 힘이
났다. 눈가에 눈물이 맺힐 정도로 고마웠다. 다시 주
로로 들어와 천근만근인 다리를 움직였다. 이 마라
톤의 종착지인 종합운동장 주 경기장을 향해 달려가
는 러너들을 봤다. 다들 자기 자신과 싸우고 있었다.
초반에는 앞서거니 뒤서거니 하며 타인과 경쟁했을
수많은 사람이, 지금은 오로지 자기 자신과 싸우고
있었다. 알 수 없는 동지애를 느꼈다. 나는 누군가를
이기기 위해 달리는 게 아니었다. 나는 홀로 달리는
게 아니었다. 자신의 한계를 극복하고자 마라톤에
도전하는 모든 이들, 그들을 응원하는 사람들과 함
께 달리고 있었다.

잠실 대교를 지나 종합운동장이 보였다. 남은 거리
는 고작 2km. 평소 같으면 눈을 감고도 뛸 수 있는
거리였지만, 지금은 아니었다. 내 인생에서 가장 긴
2km였다. 폼은 망가질 대로 망가졌고, 다리는 무거
워질 대로 무거워졌다. 걷기 대회인지, 달리기 대회

인지 헷갈릴 정도로 걷는 사람이 많았다. 나는 걸을 자신이 없었다. 차라리 천천히 달리는 걸 택했다. 잠깐 멈춰서 다리를 풀까 고민했지만, 이제는 멈출 힘도 없었다. 이 상태로 끝까지 가기로 했다. 한 발짝을 떼는 게 힘겨웠지만, 끝까지 멈추지 않기로 했다.

종합운동장 주 경기장으로 들어가는 길, 안타깝게도 근육 경련이 찾아온 한 러너가 쓰러져 있었다. 그를 지나 조금 더 나아가니 중년의 한 러너가 구급차에 실려 가고 있었다. 그들을 지나 경기장의 입구로 들어가려는 순간, 누군가가 내 이름을 불렀다. 하지만 반응하지 못했다. 한 번 더 내 이름을 부르는 소리가 멀리서 들려왔다. "강주원." 목소리를 향해 고개를 돌리니 짝꿍이 손을 흔들며 내 이름을 부르고 있었다. 나는 활짝 웃으며 손을 들어 흔들었다. 활짝 웃을 힘이, 손을 흔들 힘이 남아있다는 게 신기했다.

마지막, 경기장 트랙에서의 반 바퀴. 마음 같아서는

힘차게 질주하고 싶었지만, 그럴 수 없었다. 멋있게 들어오고 싶었지만, 역부족이었다. 폼이 망가질 대로 망가진 상태로 뛰었다. 골인 지점 바로 앞, 해냈다는 기쁨보다는 이제 다 끝났다는 안도감에 이렇게 말했다 "아씨, 다 끝났다."

그렇게 내 인생 첫 마라톤은 끝이 났다. 환한 표정으로 날 쳐다보는 짝꿍의 얼굴을 보니 눈물이 쏟아질 뻔했다. 감정을 추스르고 시계를 확인했다. 4시간 30분. 완주였다. 해냈다. 나의 두 다리로, 두 발로, 42.195km를 달렸다. 달리기를 처음 시작했을 때의 꿈을, 달리는 동안 몇 번이나 미뤄왔던 꿈을, 마라톤을 앞두고 날 몇 번이나 좌절시켰던 꿈을, 이뤄내고야 말았다.

42.195km 그 이후

달리면서 받았던 고통에 비하면 상태는 양호했다. 허벅지의 근육 통증을 제외하곤 괜찮았다. 그마저도 이틀이 지나니 멀쩡해졌다. 42.195km를 뛰고 나서도 큰 무리가 없을 정도로, 두 다리가 튼튼해졌다는 증거인 것 같아 뿌듯했다.

마라톤을 준비하면서 다짐했다. 이번 마라톤이 끝나면 마라톤에 다시는 도전하지 말아야지, 뛰더라도 하프까지만 뛰어야지, 하는 다짐이었다. 흐르는 땀이 얼 정도로 추운 날씨에 한강을 뛰면서도, 30km를 달리는데 종아리에 경련이 와서 나머지 5km를 걸어오면서도 다짐했다. 다시는 안 해야지. 다시는.

그런데 마라톤을 마친 나는 생각했다. "다음 마라톤
은 더 열심히 준비해서 제대로 뛰어야지." 그리고 이
런 꿈을 품었다. "언젠가는 러너들의 꿈의 무대라는
보스턴 마라톤에 출전해야지." 관성이었다. 내 두 발
은 2년 전부터 계속 구르고 있었다. 제대로 걷지도
못하던 시절에는 두 발을 구르는 게 곤욕이었는데,
지금은 두 발이 자동으로 굴러가고 있었다. 마라톤
을 완주하고 나서는 두 발에 가속도가 붙었다. 예전
에는 멈춰있는 게 편했는데, 이제는 멈추는 게 힘들
었다.

몇 개월 후에 있을 다음 마라톤을 생각하니 가슴이
뛰었다. 그리고 언젠가 참여하게 될 보스턴 마라톤
을 머리에 그리니 심장이 뛰었다. 보스턴 마라톤에
참여하려면 내 나이 기준으로 3시간 5분 이내에 완
주했다는 공식 기록이 필요하다. 지금으로선 불가능
한 목표다. 2년 전의 내가 마라톤 풀코스를 완주하
겠다는 목표를 품었던 것처럼. 하지만 지금처럼 계

속해서 달린다면, 멈추지 않고 두 발과 두 다리를 굴린다면, 충분히 가능한 목표다. 며칠 전의 내가 마라톤 풀코스를 완주했던 것처럼.

'나는 왜 마라톤에 도전하는가.' 마라톤을 준비하는 과정에서는 그 답을 제대로 찾지 못했다. 완주한다고 해서 돈이 되는 것도 아닌데 도대체 왜 하냐는 질문에도 제대로 답할 수 없었다. 그게 밥을 주냐, 떡을 주냐, 라는 질문에도 침묵할 수밖에 없었다. 나조차도 이 고생을 하면서 마라톤에 도전하는 이유를 몰랐기 때문이다. 하지만 마라톤을 마친 후에야, 도전이 끝나고 나서야 그들의 질문에 답을 할 수 있었다.

"마라톤을 완주한다고 해서 누가 돈을 주는 것도, 밥을 주는 것도 아니지만, 그 누구도 쉽사리 꿀 수 없는 꿈을 꾸게 됐습니다."

달리기는 나에게 무엇보다도 큰 선물을 줬다. 하루를 활력 넘치게 살아갈 수 있는 체력을 줬고, 불가능한 일도 가능한 일로 만들 수 있다는 자신감을 줬다. 그리고 미래를 그리며 현재를 충실히 살아갈 수 있게 만드는, 새로운 꿈을 줬다.

앞으로도 계속 달릴 것이다. 새로운 꿈을 향해 달릴 것이다. 물론 힘든 순간도 있겠지만, 그 과정을 최대한 즐길 것이다. 그리고 언젠가, 내가 꾸던 꿈이 현실이 됐을 때, 그 누구보다 환하게 웃으며 주로를 힘차게 달리고 있을 것이다.

보통의 달리기

초판 1쇄 발행 2023년 9월 11일

지은이 강주원
펴낸이 강주원
펴낸곳 비로소

이메일 biroso_publisher@naver.com

등록번호 2019년 9월 10일(제2019-000030호)

ISBN 979-11-984044-0-4 03810